SHENGMING
YINJI

生命印记

黄永昌◎著

时代出版传媒股份有限公司
安徽文艺出版社

图书在版编目（CIP）数据

生命印记/黄永昌著.—合肥：安徽文艺出版社，2023.7
ISBN 978-7-5396-7618-0

Ⅰ.①生… Ⅱ.①黄… Ⅲ.①散文集－中国－当代 Ⅳ.①I267

中国版本图书馆CIP数据核字(2022)第222099号

出 版 人：姚 巍
责任编辑：宋潇婧　王婧婧　　　　装帧设计：张诚鑫

出版发行：安徽文艺出版社　www.awpub.com
地　　址：合肥市翡翠路1118号　邮政编码：230071
营 销 部：(0551)63533889
印　　制：合肥创新印务有限公司 (0551)64456946

开本：880×1230　1/32　印张：7.375　字数：180千字
版次：2023年7月第1版
印次：2023年7月第1次印刷
定价：39.00元

（如发现印装质量问题，影响阅读，请与出版社联系调换）
版权所有，侵权必究

目 录

生命印记

  耐守真正的寂寞 / 003

  苏东坡的赏心乐事 / 005

  无名的小花 / 007

  留给自己一段时间 / 009

  于逆境中奋起 / 010

  当落幕的时候 / 012

  一片冰心在玉壶 / 013

  一条小溪 / 015

  昨天、今天和明天 / 016

  让心灵宁静下来 / 018

  不停地走 / 019

  汗珠与露珠 / 020

  北极熊捕鲸的启示 / 022

  飞蛾的悲壮之美 / 024

勤劳的蜜蜂 / 026

秋叶和秋雨 / 028

黑夜静悄悄 / 030

水的追求 / 032

面对风雨 / 034

落选春笋长成材 / 036

莫要坐等机遇 / 038

失去之后的拥有 / 039

太阳每天都是新的 / 041

聪明反被聪明误 / 042

潇洒随想

怀旧，在人的心灵深处 / 047

瞬间消失的雨花 / 049

我喜爱夜行 / 051

雨过天晴云破处 / 053

花开的日子，真好 / 055

要有自己的个性 / 056

没有异想，哪来天开 / 058

业精于勤而荒于嬉 / 060

超越 / 063

山上之石与河里之石 / 064

取长与补短 / 066

生不必逢时 / 068

有时也不妨为失败唱支歌 / 070

我们想要飞翔 / 072

新年畅想 / 074

春节的韵味 / 076

心灵撷珠

君子以厚德载物 / 081

守住乐观的心境 / 083

人要活得安然 / 085

美好性格是可塑造的 / 087

江海称其大者，以无不容 / 089

人生之三种境界 / 091

质本清来还洁去 / 093

自信而不自负 / 095

友情如酒似茶 / 097

保持适当的距离 / 099

纯洁而崇高的友谊 / 101

交友贵在诚与敬 / 103

真真友人心 / 105

人生同行的旅伴 / 107

朋友，我们同行 / 109

爱情与人生 / 110

感谢父母之恩 / 112

最是那一低头的温柔 / 114

巧笑倩兮，美目盼兮 / 116

腹有诗书气自华 / 118

追求是人生的太阳 / 120

梦想是一盏明灯 / 122

一寸光阴一寸金 / 124

文史纵横

心中的一轮明月 / 129

风之情怀，风之神韵 / 131

缓缓归矣 / 133

桃花潭水深千尺 / 135

古代的午睡诗 / 137

牧童遥指杏花村 / 139

古诗文中的秦王 / 141

唐诗与梦 / 143

古诗词中的荷花之美 / 145

回眸一笑百媚生 / 147

宋代的女人们 / 149

君故后谁可继任？/ 151

陈宝箴劝说曾国藩 / 153

白居易晚年的功德 / 155

北宋善待文人的国策 / 157

一个骑兵的平常心 / 159

任县令时的胡宗宪 / 161

宰相范尧夫的忠恕 / 163

曾在宿州的白居易 / 165

南京静海寺的沧桑 / 167

此"赤壁"非彼"赤壁"/ 169

风景如画

壮观的钱塘江潮 / 173

人间仙境蓬莱 / 175

天下奇秀雁荡山 / 177

蔚然深秀琅琊山 / 179

美哉！张家界 / 181

宁静的泸沽湖 / 183

远方的客人请你留下来 / 185

潇潇春雨洒漓江 / 188

绿色仙境天目湖 / 190

牯牛降密林探幽 / 192

美丽而神秘的喀纳斯湖 / 194

高山平湖，风光胜江南 / 197

欣赏山水之美 / 199

齐山翠微亭 / 202

周庄的烟雨 / 204

秋浓如酒,色艳醉人 / 206

春天里去踏青 / 208

一夜大雪封千里 / 210

陶醉于桃花丛里 / 212

留恋美丽的秋色 / 214

春雨淅淅沥沥 / 216

荷叶如舞女的裙 / 218

金色的秋天 / 220

待到重阳日,还来就菊花 / 222

公园秋色 / 224

春雨潇潇 / 226

绵绵的秋雨 / 227

生命印记
SHENGMING YINJI

耐守真正的寂寞

寂寞是人处在孤单冷清寂静中的一种心境,也是一种让人在红尘世俗中保持一份宁静的禅意。"静以修身,俭以养德""宁静以致远",不是吗?

想成就大学问者,须能耐得住寂寞;能成就大作为者,必能耐得住寂寞。古人认为拥有大智慧的人,往往是寂寞的。因为他们寂寞过,所以能够更清醒准确地认识世界。而能够准确认识世界的人,大智慧离他们也就不远了。

人生最难做到的事情,是耐守真正的寂寞。在大千世界的芸芸众生中,在五彩斑斓的人生舞台上,你生活于互相牵扯、互相关联的状态中,生活于互相应酬、互相利用的世俗下,倘若你能够避开世俗的干扰,守住自己的那份寂寞,那么,在寂寞中,你可以无边遐想,随意觅向,可以随心安排和打发那些属于你自己的时光。你的心灵会幻起一层轻雾,逃离尘世,向遥远的时空中飞升……

　　在寂寞中，人们可以审视自己的过去，检点自己的生活，净化自己的灵魂，寄托自己的思想，慰藉自己的精神，感化自己的情绪，整理自己所选择的人生。一位伟大的法国艺术家曾说过："我有如此的作品，全因我的寂寞。"富兰克林说："没有任何动物比蚂蚁更勤奋，然而它是默不作声的。"是的，在纷繁复杂、忙忙碌碌的社会中，我们都需要一种寂寞，来放松一下疲惫的心灵，感悟一下人生。一个人只有在寂寞时，才会更加清醒地认识自己，诠释现实，从而对生命和纷繁喧嚣的世界有全新的了解。

　　寂寞时可以一边欣赏音乐，一边随着节拍倾出纷乱的心情，慢慢地梳理，再去品味，让温馨萦绕左右；寂寞可以让人享受一种自然的心境，让姑且尘封的心绪寻求一份安宁和解脱，从而拂去心灵的纤尘，以清澈、自然、纯洁的面孔逍遥人生；寂寞可以让人逃避疲惫，逃避人情世故和滚滚红尘，哪怕是短暂的也很好。是啊，这种寂寞，不仅仅是大智慧者所需要的，也是我们每个凡夫俗子都需要的。

苏东坡的赏心乐事

《牡丹亭》中有两句唱词:"良辰美景奈何天,赏心乐事谁家院?"那么,哪些事算得上是赏心乐事呢?

《望海录·燕居笔记》中,记载了苏东坡赏心十六事:清溪浅水行舟,微雨竹窗夜话,暑至临溪濯足,雨后登楼看山,柳荫堤畔闲行,花坞樽前微笑,隔江山寺闻钟,月下东邻吹箫,晨兴半炷茗香,午倦一方藤枕,开瓮勿逢陶谢,接客不着衣冠,乞得名花盛开,飞来家禽自语,客至汲泉烹茶,抚琴听者知音。

这是苏东坡总结的诸种赏心乐事。大文豪善于总结,归纳出了十六种。若是其他人总结,未必与此相同,未必能有如此之多,也未必能有如此雅妙。一个人的知识层次、文化素养、生活情趣和人生阅历往往决定了一个人的审美观点和思维情怀。

赏心十六事,每件事都是一幅美丽的图画。不但景物情境美,而且人在图画中。有的可以用笔墨描绘出来,如"清溪浅水行舟"——清清的溪水,水草、游鱼、水底的石子清晰可见,一叶扁舟,船家摇橹或撑篙,游人欣赏着两岸的景致;再如"柳荫堤畔闲行"——小河的堤岸边,一排排垂柳枝繁叶茂,婀娜多姿,那长长的柳丝好像美女的长发随风飘扬,人们悠闲地漫步在树荫下,欣赏着岸边的风景。这些景色都可以用一幅美丽的画面表现出来。但是,有的文字虽能用笔墨勾勒成画,却不能完全体现文字之义,如"隔江山寺闻钟",只能意会而不能言传笔绘。当代国画大师齐白石的"蛙声十里出山泉"一画,虽然以山泉溪流中的几只蝌蚪来点题而被人叫绝,但毕竟难以表达一个"声"字。

　　时下,有人把"自摸八条和牌""通衢飙车兜风"等当作赏心乐事。然而,与上述苏东坡的赏心乐事相比,从高雅情趣层面而言,从身心健康层面而言,孰高孰低,孰益孰害,不言自明。

无名的小花

沐浴着秋天的阳光，花坛里许多无名的小花开放了。有洁白的、月白的，也有紫红的、淡黄的……远远望去，一丛丛，一簇簇，万紫千红，争奇斗艳。微风吹过，这些花儿拥挤着，摇曳着，如同五彩缤纷的玛瑙在绿毯上滚动。这些不知名的小花开在叶片细小的茎上，朴实奔放，不矫揉造作，不虚张声势，不孤芳自赏，只是悄悄地，不引人注目地开放着。

每当清晨窗外传来叽叽喳喳鸟叫声的时候，我都要下楼绕着花坛转悠，看着盛开的小花，闻着微风送来的缕缕清香，顿觉神清气爽，心里产生无尽的遐想：这些花儿并不为人所知，没有人注意，但是它们却依然开放。它们不惧贫瘠的土壤和恶劣的气候，顽强地生长着，凋谢了一茬又开一茬。它们枝干刚劲、挺拔，蓬勃向上，用自己不起眼的花朵点缀着大自然，为大地增添风采。而这一切，都是默默无闻的。

猛然间,我心头一亮。千千万万参加社会主义建设的普通劳动者,不正像这些无名的小花吗?他们普普通通,平平凡凡,不引人注目。但是,他们却用辛勤的双手,为人民创造着财富。

我爱无名的小花,更爱那些普通的劳动者。

留给自己一段时间

每当无名的空虚悄悄地袭上心头,我就留给自己一段时间,静静地走在河边的小路上,看随风飘舞的垂柳,听小鸟叽叽喳喳地歌唱。于是,儿时的纯真便悠然而来,溢满心田。我随手从地上摘一朵蒲公英,使劲一吹,所有的空虚便随风而去了。

每当失败挟着难言的苦涩涌上心头,我就留给自己一段时间,静静地独坐在幽静的树林里,看白云从头上轻轻飘过,听微风缓缓地吟唱。于是,失败的阴影便被阳光折射得无影无踪,自信和坦然又回到我的心中。

每当胜利带着欢呼和赞誉向我压来,我就留给自己一段时间,静静地思索未来的路,勇敢地超越自我,不留恋过去的辉煌,不让一点小胜利缠住远行的步履。和昨天的辉煌说声再见,然后洒洒脱脱地走向远方。

于逆境中奋起

有人做过这样一个实验，把一只青蛙突然扔进沸水，青蛙奋力一跃，虽然身上有烫伤，但能死里逃生。过一会儿，又把一只青蛙放入温水中，悄悄加热，当它察觉到水温升高危及生命的时候，却已无力跳出锅外，只好葬身锅中。

在环境极其恶劣时，青蛙会使出全身力气奋力跃出沸水，保住性命，靠的是强烈的求生欲望。因为在死神面前，更能体会到生之可贵。这腾空一跃，可谓是青蛙毕生中最辉煌的一跃。是滚热的沸水、险恶的环境造就了一个"跳高冠军"。而当环境舒适时，它却全然放松了警惕，畅游其中，享受"温水浴"，何等惬意！孰料这平静之中却暗藏杀机，随着水温的升高，死神悄悄逼近了它，而它却再也没有了凌空一跃与死神搏击的力量和勇气，只得葬身锅底。同样是一只青蛙，在不同的环境中，行为和结果截然不同。这不恰恰证实了那句"生于忧患，死于安乐"的古话吗？

青蛙是这样，人也如此。逆境可以磨炼人的意志，使人的潜能发挥到极致，这是早已被许多事实证实了的真理。"屈原放逐，乃赋《离骚》；左丘失明，厥有《国语》；孙子膑脚，《兵法》修列；不韦迁蜀，世传《吕览》；韩非囚秦，《说难》《孤愤》。"司马迁遭宫刑而成史家之绝唱、无韵之《离骚》，曹雪芹举家食粥作《红楼梦》，蒲松龄贫病交加著《聊斋》，巴尔扎克流浪街头写《人间喜剧》。他们正是靠着"千磨万击还坚劲，任尔东西南北风"的百折不挠精神，于逆境中奋起。

自古雄才多磨难，从来纨绔少伟男。后唐王李存勖为得天下，不忘其父遗志，以父三支箭激励自己，卧薪尝胆，发奋创业，攻城略地，无往不胜，可谓壮哉！然而天下已定，大功告成，国泰民安后，他却坐享升平，整日与优伶们泡在一起唱念做打，以致政事荒芜，国运日微，三年便祸乱迭起，终遭杀戮，何其哀也！舒适、安逸、奢侈……这一切会使人忘乎所以，玩物丧志，失去挑战的勇气、拼搏的胆识，就难免落得"温水煮青蛙"般可悲的下场。

"宝剑锋从磨砺出，梅花香自苦寒来"。身处逆境时，视其为"天将降大任于是人也"的考验，说不定又能成就几个"雄才"，干出一番大事业来；而当身处顺境时，万不可贪图安乐，不思进取，上演一出"温水煮青蛙"的悲剧。

当落幕的时候

"夕阳无限好,只是近黄昏。"李商隐深深地爱上那夕阳西下时的无限美丽,却又惋惜黑夜的即将来临。一个人生命快走到尽头时,是否也能如夕阳一般绽放最后的光辉?

也许人们只有到日落时,才会惋惜它的即将消失;也许只有到生命的尽头,才会加倍珍惜生命;也许只有到落幕时分,才会喟叹它的结束吧?人们总是珍惜最后一刻的。

如果人生是一个舞台,你不妨自比为演员。你也知道,终将会有落幕的时候,那就在落幕之前,卖力地演出吧!即使是一只垂死的天鹅,也要舞出它最美丽的姿态,赢得观众最热烈的掌声。那么,当落幕的时候,你正如夕阳,放射出最后的光芒,更有余晖相映,使云彩增添娇媚。在人们敬慕的目光下,你无憾地走下人生的舞台。

一片冰心在玉壶

朋友小聚,推杯换盏,共饮美酒,自是人间美事。

当然,不同的人在不同的时间、不同的状态下,喝酒是有不同喝法的。"但使主人能醉客,不知何处是他乡",这是"有朋自远方来,不亦乐乎"的主人待客的酒,一片冰心在玉壶,以表心意;"何以解忧,唯有杜康",这是封建王朝的政治家曹操,看到社会动乱,民不聊生,忧国忧民,喝的解忧酒;"醉翁之意不在酒,在乎山水之间也",这是仕途失意的文人在欣赏美景时,喝的休闲酒;"三杯两盏淡酒,怎敌他、晚来风急",喝的是孤独的心酸酒;"人生有酒须当醉,一滴何曾到九泉",喝的是醉生梦死的酒;红尘中男女喜结良缘时,喝的是喜庆酒。

农民起义领袖陈胜、吴广,椎牛酾酒,揭竿而起;《红灯记》中的李玉和唱道:"临行喝妈一碗酒,浑身是胆雄赳赳。"这喝的是壮胆酒。"今日痛饮庆功酒,壮志未酬誓不休",这是英雄人物喝的庆功酒。至于古代封建帝王赐酒给自己的臣民喝，则称之为喝御酒。如果有谁喝了御酒，不是死，即是荣。

酒，它缠绵如梦幻，狠毒如恶魔，柔软似锦缎，锋利似钢刀。酒能使人超凡脱俗、才华横溢，也能使人放荡不羁、肆行无忌。酒可以使人忘却人间的痛苦和忧愁，让人在自由的时空中尽情飞翔，也能叫人沉沦堕落，把人醉得原形毕露。

我们在日常生活中，亲人相聚，朋友相聚，同志相聚，共同举杯，喝点美酒，这是常见的事，我们应当提倡文明喝酒，弘扬中国优秀酒文化。我们为什么不能好好喝酒，文明喝酒，而非要喝贪酒、烂酒、赌酒、醉酒？为什么不能讲点品位，有点情趣，把中华几千年的酒文化发扬光大，让酒能够物尽其用呢？

一条小溪

一条小溪，涓涓而流。它清澈见底，从山的那边绕山而过，蜿蜒曲折，时缓时急，最后冲下山坡，一路唱着欢快的歌。可是，就在前方，小溪受到一块巨大岩石的阻挡。

然而，小溪并没有退却，而是奋力猛烈地撞击岩石，尽管每一次都被撞得粉身碎骨。一次，两次……岩石纹丝不动，被击碎的溪水只得绕石而过，而紧接而来的溪水，依然冲向岩石。小溪似是徒劳，可你仔细看看那块岩石便会发现，它被溪水磨去了一层壳。

人生，不也是这样吗？如果说生命是一个过程，那么这路途上所遇到的一切艰难险阻，不正是挡路的岩石吗？生活不可能事事如意、一帆风顺，只有执着努力才不会有太多的失意。暴雨袭来，泰然自若，是英雄本色，而朝着预定的目标奋勇前进，则更显勇士风度。

人生，就像溪流，不遇着岩石，难以激起美丽的浪花。

昨天、今天和明天

时间是一个非常耐人寻味的词。其中"时"是把"日子"按"寸"算，意思是我们要珍惜每一寸光阴；"间"是从"门"缝里挤出来的"日子"，意思是我们要做好时间的统筹，做好时间的管理。

生命是一场运算，我们每个人穷其一生都在做着两道算术题，一道是时间的减法，另一道则是年龄的加法。毛泽东在年轻的时候，就把人的一生分为三天：昨天、今天、明天。这样的划分渗透了伟人的智慧，但也让我们感到人的一生是何其短暂啊。

究竟如何处理好这"三天"的关系呢？我们不妨回到古人的造字法上来。大家可以仔细观察"昨""今""明"三个字，其中"昨"和"明"都是"日"字旁，只有"今"不是"日"字旁，为什么呢？我的理解是这样的：昨天，我们已经把"日子"收获在囊中，明天，"日子"还长在时光的树杈上。对于时间，

"昨天"是那样的成竹在胸,"明天"是那样的希望无限,只有"今天"说:我已经有日子了!

"今天"好像是一位挑夫,他前后挑起两个篮子,前面那个篮子里放着"明天",后面那个篮子里放着"昨天","今天"这样一位时光的挑夫且歌且行,于是明天逐渐变成了今天,而今天又逐渐变成了昨天……在时光的新陈代谢里,今天承前启后,肩膀挑起了历史和未来。

"今天"这位挑夫在大步前行的时候,如果眼睛光盯着后面的篮子,肯定走不好前面的路。一个人总是沉浸在过去的掌声和荣耀里,那么,再辉煌的宫殿,注定也只能沦为短命的王朝。因为,太关注"昨天",肯定就要葬送"明天"。但是,如果"今天"太关注"明天",不能把握好"今天",不能走好脚下的路,那么,理想也只能变成空想。所以,最重要的是脚踏实地,走好脚下的每一步路。

不知是不是巧合,"今"与"金"谐音,而且都是"人"字头,好像在告诫我们每一个人,别等了,赶快行动起来,"今天"就是金子!所以,哲人说:"昨天就像使用过的支票,明天则像未发行的债券,只有今天是现金。"对于学习,对于工作,对于事业,对于亲情,对于友情,对于爱情,对于人间一切,"今天"就是金子,机不可失,失不再来,让我们好好把握今天吧!

让心灵宁静下来

宁静是一种意境,是一种只可意会、无法言传的心情。

宁静是无风无雨的蓝色湖面,湖里倒映着蓝天、白云,还有岸边婀娜多姿的垂柳;宁静是如血的残阳铺在半边瑟瑟半边红的江水中,是"明月松间照,清泉石上流"的空寂之境,是"大漠孤烟直,长河落日圆"的空旷之境。

诸葛亮云:"非淡泊无以明志,非宁静无以致远。"当你徘徊彷徨的时候,当你痛苦失落的时候,当你心灰意冷的时候,望一望深蓝的夜空中闪烁的寒星,望一望在晚霞中归航的帆船,望一望清风中摇曳的竹林,你的心便会宁静下来。你,便会忘却所有的得失成败。

真的,朋友,学着让你的心灵宁静下来吧!宁静的意境中,你的真我,便会重新回到你的身上。

宁静,是人生美丽的风景。

不停地走

时光用忙碌拒绝蹉跎，让拼搏夺取成功；季节用繁茂拒绝洪荒，让耕耘盛纳收获。

面对诸多赏心悦目的诱惑，你应当不屑一顾，执着于理想，欣然向着前面的路，不停地走，不懈地奋斗。

时间不停地走，生命不停地走，你也要不停地走……

如果有挫折迎面击来，不要惊慌，不要畏缩；如果有失败接踵而至，不要灰心，不要苦恼。挺直坚强的脊背，战胜一切艰难困苦，走出失败的阴影，走出失误的陷阱，练一身铁骨，造一双慧眼，踏出一条通往成功的路，走成一个铁骨铮铮的大写的人。

不停地走，酝酿生活辉煌的时刻；不停地走，缔造生命绚烂的日子。

汗珠与露珠

有这样一则寓言。露珠轻蔑地对汗珠说:"咱俩都是水珠,却截然不同,我洁白无瑕,晶莹闪烁,而你,我不必明说,你也应自知羞愧。"

"咱俩有个明显的区别,"汗珠并不羞愧,坦然地说,"你迎着太阳溜走了,而我却迎着太阳诞生了。"

露珠哑口无言。

现实生活中有"露珠型"的人,也有"汗珠型"的人。

"露珠型"者,哗众取宠,无所事事,不学无术,虚掷光阴,在包装自己、炫耀自己的时候,失去了创造生活、创造明天的机会,当他们垂垂老去,回首往事时,他们心中更多的是空白,是无奈,是悔恨。

"汗珠型"者,忙忙碌碌,辛辛苦苦,平淡朴素的外表下,永远跳动着一颗火热上进的心,永远不停地劳动和创造,他们从不满足已有的辉煌,而是把目光投向更远的方向,在人生征途中,洒着汗雨,播着希望,等到日暮残年时,他们会感到自己真正"不白活一回"。

在生活中我们不要羡慕"露珠"的华美、亮丽,而要崇尚"汗珠"的内在美丽,多流辛勤的汗水,做一个朴实无华的"汗珠型"的人。

北极熊捕鲸的启示

一只饥饿的北极熊，在冰天雪地里寻找食物。它的嗅觉非常灵敏，能嗅到两公里以外的生命气息。它寻着气味来到一处冰眼附近，看到有几条五米长的白鲸，游动着，翻滚着，这儿是白鲸呼吸换气的地方。白鲸见到不速之客到来，纷纷下潜逃走了。聪明的北极熊蹲在一旁静静地等待，它知道过不了多久白鲸还要浮上来换气。

果然，半个小时以后，那些白鲸又露出了头。北极熊果断地跳入水中，用利爪猛击一条白鲸的背部，把它的背部抓出一道大口子。片刻间，受到惊吓的白鲸又潜入了水底。北极熊还是耐心蹲在一旁静静地等待。过了一会儿，白鲸又游回来了，北极熊又跳入水中，无视别的白鲸的存在，只盯着那只受伤的白鲸，用尖牙和利爪再次攻击它的伤口，把伤口又抓得大了一些。受惊吓的白鲸再次潜入水底，北极熊再次耐心等待，白鲸出现以后，北极熊又下水进攻。如此反复进攻四五次以后，那只受攻击的白鲸再无逃生之力，漂浮在冰层下的水面。北极熊咬着白鲸的尾巴把它拖到岸上，开始享用自己的美味佳肴。

奇迹就是这样产生的。执着的北极熊专注地攻击一条白鲸，并且数次只进攻同一个受伤的部位，最终捕到了体重是自己两倍的猎物。

北极熊捕鲸给我们的启示是：凡事要想取得成功，首先要确定一个目标，然后瞄准这个目标，要有北极熊的执着精神，专心致志，一心一意，坚持不懈，不要三心二意，半途而废。

大唐时代的玄奘，乘危远行，策杖孤征，克服途中千难万险，穿越一百多个国家，心怀"宁可西行求死，绝不东还求生"的信念，专注一个目标，执着追求，持之以恒，最终到达印度，取经返回大唐。玄奘就是凭借心中的信念和目标，凭借执着和专注的精神，到达了心中的圣地。

执着和专注是一种精神，也是一种力量，成功的人往往就是瞄准一个目标，并且执着追求，坚持不懈的人。很多人之所以失败，就是缺少了北极熊捕鲸的那种执着和专注的精神。

飞蛾的悲壮之美

  一只飞蛾飞进我的房间，扇动着灰白色的翅膀在台灯上转了几圈，猛地一下扑向那团最耀眼的光亮，噗的一声在滚烫的灯泡上烧焦了，冒出一股带着臭味的烟雾。最后它掉落到桌子上，翅膀还扇了几下，终于再也不动了。

  这时，我低下头去瞧这不速之客。它并不是很大，只有小指的指甲盖般大小，深灰的翅膀，头上有两条弯而长的触须，那就是让人们感动、赞颂了千百年的动人的蛾眉。飞蛾确实很愚蠢，飞蛾扑火岂不是自取灭亡吗？

  奇怪的是，生活在夜间的飞蛾，却总是追逐光亮。只要在漆黑之中见到一丝光，它就会奋不顾身地扑过去，虽然碰到光明的那一刻，它面对的将是毁灭。但千百年来，飞蛾一直如此，仿佛永不改变，表现出一种伟大的精神。

  我由此想起了神话故事中的"夸父追日"和"精卫填海"，

还有现实生活里的那些英雄，他们为了自己的信念不断地奋斗，即使毫无结果也绝不放弃。就像飞蛾扑火，总带着几分执着，但更多的，则是一种悲壮而惊心动魄的美。

勤劳的蜜蜂

在风和日丽、春暖花开的日子里,你常可以在一簇簇、一丛丛美丽的花儿间寻到蜜蜂的踪影,它们一面用翅膀唱出欢快的歌曲,一面在花间盘旋寻觅,采集花粉,吸取花蜜。如果途中遇雨,蜜蜂们就是边飞边爬,也要坚持将采得的花蜜送回"家"中。

蜜蜂白天在野外采蜜,夜晚还要酿蜜。为了风干蜜汁,工蜂们需长时间不停地扇动翅膀,直到酿出甘美的蜜来。这真可谓"蜜不精良誓不休"啊!蜜蜂酿的蜜多,吃的可有限,多余的蜜,它们都无条件地献给了人类。在炎热的夏季,工蜂们匍匐在蜂巢边,振翅扇风,为每一个睡在摇篮中的幼虫送去凉意。每当遇到"敌人"侵袭,它们又奋不顾身地把针刺到"敌人"身上。

这就是蜜蜂,一个极渺小、极普通,却又极高尚、极不平凡的昆虫。它不像蝴蝶那样美丽多姿,但它勤劳、勇敢、无私、顽强。它们对人无所求，给人们的却是极好的东西。它们辛勤地劳作着，默默地为人类酿造最甘最美的生活。当你看到这可爱的小生灵在花间采蜜时，难道你只认为它是只普通的昆虫？难道你就没有想到它至少象征了辛勤哺育我们成长并保护着我们的父兄们吗？难道你就不更远些想到这小小的蜜蜂，宛然象征了中华民族的勤劳、勇敢、无私和顽强的高尚品质吗？

蜜蜂是极普通的，然而绝不是平凡的，在人们心目中，这小小的昆虫是勤劳、勇敢、无私和顽强的化身。我喜爱蜜蜂，赞美蜜蜂的高贵品质，我更愿意自己像蜜蜂那样，在知识的大花园中穿行，去博采知识的花粉，酿成知识的蜂蜜。

秋叶和秋雨

一场秋雨一场凉。受尽酷暑的煎熬，秋风挟着秋雨来了。大片小片的秋叶，湿漉漉地悬挂在树枝上，正被秋雨洗去最后一丝绿意，由黄变橙，由橙变红，经历了色彩斑斓，达到了如火如荼，最后潇潇洒洒地和着秋风秋雨共舞，无怨无悔地"化作春泥更护花"。

夜晚，你已经关紧了门窗，但依稀能听到秋雨秋叶的声音。它们仿佛在地面上、窗户上、房顶上打着节拍奏乐，不紧不慢，从从容容，滴滴答答，低吟浅唱。卧在床上，静听秋雨和秋叶的声音，虽有诗一般的浪漫，却又让人们生起无端的惆怅，那往事，早已晒干，锁在心底，却在滴滴答答的低吟浅唱中，鲜活地浮上了心头……

羡秋叶，流尽了汗水，贡献了青春，装满了丰收，完成了人间的使命，又欢天喜地开始了第二青春，你看她高兴得满脸通红。

慕秋叶，记录着历史，回忆着温暖，展望着前程，默默地离开母体，和秋雨一起，化作春泥，去实现未来的梦。

想人生，也有"秋叶期"：经历了失败挫折，生死离别。此时，就应以大树为榜样，在树叶飘落、树枝光秃之后，重新萌发新绿，焕发生机；也要像秋叶一样，不去计较生命的得失，尽情地享受生命的过程，走完一程又一程。

黑夜静悄悄

　　黑夜静悄悄地走来，大地上的一切东西，渐渐失去了轮廓、光影和色彩，失去了明显区别。就是父母要寻找自己的小儿女，都得依靠声音来呼唤。

　　然而，在特殊情况下，夜还是开辟了另一些美的境界。

　　在海上航行的海员，碰见月黑星沉、浪急风高之夜，四面都是漆黑无光的茫茫大海，蓦然看见水平线上露出了整齐排列着的一长串的明朗的珠灯，这时人们会怀疑那地方究竟是人间还是天上。

　　在农村的静夜，整个村子鸡犬无声，微白的月色混合着微白的雾。这时不仅是人，就连整个山村都沉浸在睡眠深处。只有山涧中的泉水叮叮咚咚，在独自奏着美妙的催眠曲。我曾经见过一位画家的一幅《月夜山村》，他把此时山村中静穆无声的美丽夜景都画出来了。

在都市的夜晚，整个空间都弥漫在红色的雾气之中。我常幻想着，在这雾气中往来着、游晃着多少人的梦啊！这里是梦之海吧！有关于人类未来的理想者之梦，有发着光芒的胜利者之梦，有忧愁和伤心的梦，有悲哀断肠的梦，有老年人回想往事的梦，有年轻人遥想未来的梦，有怀念久居远地亲人的梦，有孩子幻想天国的童话般的梦……

水的追求

任何一颗水珠，从它诞生的那一刻起，就拥有一个不变的追求——奔向大海。山泉叮咚，溪流潺潺，小河舒缓，大河激昂……水啊，在不同的地点用不同的方式，高歌着同一个追求——奔向大海！

奔流，向着同一个目标，永不退缩！雅鲁藏布江冲出高山峡谷，从青藏高原奔涌而下，投入印度洋的怀抱；黄河从世界屋脊起步，九曲十八弯，一路向东奔流，终于汇入渤海。大河如此，小河也不例外，那庐山之上的三叠瀑布，便是为了目标不惜粉身碎骨的写照；那小石潭边斗折蛇行的小溪，在乱石丛中顽强地寻找出路……

夜以继日，向着目标，正因这个永远的追求，水才创造了无数的奇迹：声势浩大的钱塘潮，雄奇壮光的尼亚加拉大瀑布，惊心动魄的雅鲁藏布江大峡谷的急流……在水流的长期作用下，产生了鹅卵石、雨花石、钟乳石，水流的长期冲刷，曾经使黄河入海河道数次改道，使长江口的崇明岛数次位移。

历史长河之中，又有多少具有"水的精神"的人们在不倦地追求，没有任何困难能迫使他们退却。炸药大王诺贝尔，在前进的每一步路上，都与爆炸和鲜血为伴；"镭的母亲"居里夫人，从数十吨的原料中，提取出一克金属镭；"两弹元勋"邓稼先，在算盘上完成了外国科学家在计算机上完成的计算，为共和国的原子弹和氢弹的研制做出了巨大的贡献……这就是人生的水一般的追求。

青春无悔，人生无悔，让追求充满生活中的每分每秒，让生命激发出灿烂的浪花！

面对风雨

世上没有绝对平坦的路,也没有一帆风顺的人生。人生路漫漫,不可能没有风雨。

如果你想成为一棵参天大树,那你就站在山的高处,迎接所有的风雨,让你的躯干经历风雨的磨砺。

如果你想成为一个勇敢的弄潮儿,那你就大胆地启动远航的小舟,勇敢地迎接惊涛骇浪,领悟生命的含义。

生活中不光有风和日丽,亦有凄风苦雨。面对风雨,我们要坚信:黑暗过后是黎明,寒冬过后是阳春。用你年轻的激情点燃勇气的火把,去迎接生活的挑战。

是强者,面对风雨,毫不畏惧,沉着应战;是弱者,面对风雨,畏畏缩缩,不再进取。

对于强者,生活的风雨是机遇,孕育着成功的希望;对于弱者,生活的风雨是灾难,是失败的征兆。

面对风雨,我们要挺起脊梁,做一个强者。只要心中执着依旧,前进的脚步不止,那么,风会因你变得柔和,雨会因你变得飘逸。

风雨过后是灿烂的晴空。

落选春笋长成材

每年开春时节,山上的春笋都争先恐后地破土而出。人们会不失时机地上山去采春笋。那些又嫩又粗的笋被人们挑选出来,最终成为餐桌上的美味佳肴。而那些又细又小的笋却落选了。正是这些落选的春笋,挺起身子承受阳光雨露,吮吸大地丰富的营养,经受寒霜冰雪的考验,茁壮成长,最终长成修长笔直、枝繁叶茂的翠竹。

这件事给了我们一个启示:落选的春笋照样能够成材。由此我想到每年高考以后的落榜生。

望子成龙,望女成凤,本无可厚非。希望孩子成才是父母亲的共同愿望。但是,美好的愿望只能靠孩子自己来实现,做家长的不能不考虑孩子的实际情况,在学习上向孩子提出不切实际的要求,让孩子承受巨大的压力。作为高考,淘汰一部分人总是难免的。再说,考场气氛紧张,有的孩子临场发挥不好,一些平时成绩较好的学生出现了失误，也是可以理解的。所以，孩子高考落榜时，家长不应过分地责备孩子，以免孩子失去自信，而应及时地安慰孩子，鼓励孩子继续努力，这样对他们今后的成长是十分有利的。

当然，落榜是一件憾事，但它并不意味着一个人不能成才。落选的细小的春笋不是照样可以长成材吗？宋朝大文学家苏东坡的父亲苏洵，二十七岁发奋为学，开始连考几次都落榜了，但他并不泄气，学习更加刻苦，后来成为著名的唐宋八大家之一。大家熟悉的张广厚在考中学时，因为数学不及格而落选，但他发奋学习，迎头赶上，终于成为我国著名的数学家。假如你的孩子高考落榜了，最重要的是让他们树立自信心，对未来充满希望，千万不要自卑、失望。

我国著名的数学家华罗庚有诗云："埋头苦干是第一，白发方知智叟呆。勤能补拙是良训，一分辛苦一分才。"榜上无名，脚下有路，只要孩子用心学习，持之以恒，就一定能够成为国家的有用之才。

莫要坐等机遇

不要一味默诵着"千里马常有,伯乐不常有"而孤芳自赏,事实上我们更需要的是用自己的行动和能力去证明自己的独特和不凡。有的人认为自己是千里马,却不去证明自己,而是悠然自得地行走于挨挨挤挤的马群里。很可能伯乐这时候就站在你的身侧,却看不出你有千里马的丝毫特征。这时候你唯一能做的就是不顾一切地跑到马群之前去,借此吸引伯乐的目光。

我们所处的时代不允许你坐等机遇,就像雄鹰的劲翅并不是天生的一样,那双能够负载天风的翅膀是在狂风和暴雨中苦练出来的。一味地坐等机遇,结果只能是在等待中痛失机遇。

太阳从地平线升起,小草掀翻石子探出头来,藤本植物缠绕树干攀缘到大树的顶端,都是为了展示生命,证明自己。是的,每个人都应该用行动和能力来证明自己,直到有一天我们也能够邀一方风雨傲视星辰为止。

失去之后的拥有

失去了温暖的阳光,你会拥有满天的繁星;失去了温柔的飘雪,你会拥有明媚的春光;失去了幸福的生活,你会拥有伟大的理想。

拥有本来就在失去中获得。

若没有落第的惆怅,又哪来名垂千古的《枫桥夜泊》?落榜成全了张继。若没有报国无门的痛楚,又哪来万古流芳的《离骚》?忧愁成就了屈原。若没有怀才不遇的悲情,又哪来五柳先生闲适的田园生活和淡然的心境?悲伤造就了陶渊明。

不要害怕失去,失去本身就是一种获得。就像这句话所说,上帝为你关上一扇门,同时会为你开启一扇窗。

"人生自古谁无死?留取丹心照汗青",是文天祥失去了国家而显现的崇高;"长风破浪会有时,直挂云帆济沧海",是李白经历了世事变迁后获得的升华;"安得广厦千万间,大庇天下寒士俱欢颜"，是杜甫失去了安定的生活后获得的广阔胸襟。

拥有的真谛在于发现和珍惜。首先我们要善于发现。发现自己拥有明亮的眼睛，可以看见世界上的微笑；发现自己拥有健康的身体，可以享受人生的快乐；发现自己拥有快乐的心情，可以笑着面对困难，开心地度过每一天。

萍水相逢善意的一笑，可以是你拥有的最美丽的感动；面对朝阳而充满希望的心情，可以是你拥有的最真的快乐；一句关心的问候，一个会意的眼神，都是给你的最平凡的温暖，都是值得你永远珍藏心间的拥有。

哲人说：最大的幸福不在于有我所爱，而在于爱我所有。学会发现，学会珍惜。失去的已经回不来了，好好地欣赏眼前的美景吧！因为如果错过太阳时，你心灰意冷了，你流泪了，你不关注眼前的风景了，那么你也要错过月亮和星星了。

珍惜你当下所拥有的一切，让我们一起为拥有放声歌唱吧！

新的太阳每天都是

在生命的路途上,也许处处是荆棘、险滩、暗礁、困境、艰难、挫折……今天的计划与未来的现实并非都如行云流水般顺畅,而是时而山重水复,时而柳暗花明的漫漫长途。

然而,太阳每天都是新的。

黑夜与白天的交替,诞生了日出的辉煌;失败与成功的交错,蕴藏着人生的真谛。当我睁开双眼,迎接又一个初升的旭日,人生便拥有了一个新的起点。清理掉昨日的沮丧与失望,点燃心中的激情与渴望,走上新的道路,重塑一个完善的自我。

太阳每天都是新的。它新生,消失,再新生,不断地告诉世界:每一个黑夜之后都是一个新的白昼。

太阳每天都是新的,新的太阳下每天都有一个新的自我……

聪明反被聪明误

俗语云:"小孩惯不得,谎话讲不得,庄稼荒不得,聪明装不得。"

聪明为什么不能装呢?一方面,聪明是智力达到的一种高度,智力不够,装是装不出来的;另一方面,硬装出来的聪明,比愚蠢更显得愚蠢。

聪明的前面常常被人加个"小"字,合起来就叫小聪明。小聪明其实已经不是聪明了,人们说到小聪明时那种鄙夷的神态,分明已经把它视为愚蠢的一种。小聪明与聪明的区别大致可以罗列如下:小聪明张牙舞爪,聪明优雅娴静;小聪明咄咄逼人,聪明与人为善;小聪明处处争锋,聪明退一步海阔天空;小聪明炫耀如水上的泡沫,聪明沉静如瀑布下的深潭……

"聪明反被聪明误",往往是因为聪明被用过头了。"被聪明误"了的典型有两个:一个是王熙凤,一个是杨修。王熙凤是机关算尽太聪明，反误了卿卿性命。她贪欲太盛，城府太深，算计太多，最后算来算去算掉了自己。杨修是个性情率真的人，一派天真烂漫，曹操面前锋芒毕露，结果遭了嫉恨。前者是个性的悲剧，后者更多的是历史的悲剧、社会的悲剧。

"聪明一世，糊涂一时"的事情常有，聪明一世的人为何会糊涂一时，却很少有人去思考。让聪明人一时糊涂的原因有很多，比如贪欲，比如虚荣，比如冲动，比如嗜好，比如嫉恨……聪明人不警惕自己身上的这种种因素，难免会一时糊涂，甚至时时糊涂。

聪明如果用来谋取不正当的私利，通常就叫作狡猾。狐狸用恭维话从乌鸦嘴里骗肉吃，就成了狡猾的标本。聪明倘若还被用来损人利己，那就成了老奸巨猾了。

聪明用在邪路，愈聪明愈荒谬；聪明用来害人，愈聪明愈罪恶。因此，真正的聪明，当有十分的真，十分的善，这样才能有十分的美。

潇洒随想
XIAOSA SUIXIANG

怀旧,在人的心灵深处

人到中年或老年,总喜爱怀念过去,似乎过去的人、事、景、物、时光,都值得怀念,用常用的词说,就是怀旧吧。

我常觉得,童年的游戏,没有现在的技术含量高,但十分有趣;儿时的食品,没有现在的好吃,但味道却永远难忘;大学的同学,着装朴素,没有现在的大学生时尚,但他们的形象仍历历在目;工作时的同事,事业平凡,没有惊天动地的事迹,但他们留下的故事仍让我记忆犹新……与其说我是怀念某个人、某件事、某样东西,不如说是怀念曾经经历的某段岁月。

一封旧信、一首老歌、一件物品、一本日记、一幅字画、一张贺年卡、一枚纪念章、一张发黄的照片、一本刊载自己文章的杂志,都能让我想起一些故人、一些往事、一些曾经度过的时光。

我总是喜爱回忆过去的时光,怀念过去的生活,这不是说现在生活得不好,也不是说我想回到过去的时光,只是一种没缘由的怀念而已。在我的居室里,一面墙的书架上,摆放的书大多是旧的书,有字典、词典类的工具书,有天文、地理类的专业书,有古代史、近代史类的史学书,也有诗词、散文类的文学书,这些都还保留着过去时光的味道和生活的气息。家中的多宝格上,摆放的装饰品、小玩意儿,都是我多年前到各地出差或旅游时,淘回来的各种瓷器、铜器、石器、玉器,还有一些纪念品,这一切都保留着往日生活的印迹。橱柜里堆放着很多本影集,其中有相当一部分照片是黑白照片,有我小学、中学时的,有大学毕业时的,有结婚成家以后的,更多的则是我到各地旅游时留下的,看看这些照片,想起那些美好的岁月,我就会陶醉其中。

我有时独自在书房里,静坐,发呆,回忆和怀念生命中最值得回味的一段时光,里面有美好的人和事,有生动的细节,有美丽的场景,有喜悦的心情,更有生命的灵光,感觉如同在美梦中一样,给我带来一种特殊的慰藉。

怀旧是现代人的精神咖啡,是现代人的情感浪漫,它是一种独特的情怀,一种别样的感觉,一种特殊的享受。每个人都有可能怀旧,但是每个人所怀念的都不尽相同。怀旧,在记忆的影集里,在怀念的情缘里,在人的心灵深处。

瞬间消失的雨花

"帘外雨潺潺，春意阑珊"，屋里滴答滴答的钟声，和着屋外滴答滴答的雨声，如同奏响一曲柔和而美妙的轻音乐，让人有一种平静而舒畅的感觉。

晶莹、细小的雨珠密密地连成雨丝。雨丝来自天际，在那广阔无垠的天宇中好像有很多蚕茧，地上又好像有无数双手在忙碌地抽丝。那雨丝也怪，竟然抽之不尽，敛之不完。雨丝是纯洁的，带着清爽和素雅来到了人间。

雨丝无声地落到水面上，猝然溅开，有趣地形成一朵朵素色的花，花瓣清亮透明。雨花一扫秋菊之绚烂、牡丹之艳丽，只在水面上灿然一现，仿佛不胜害羞似的，随即又在水面上漾起一个个小小的"酒窝"。

我喜欢看水面上溅起的朵朵雨花，甚至有时会在雨天一个人立在河边，愣愣地凝视着水面，欣赏那雨花朵朵绽开，又倏然隐没在河水中。

　　这不是很迷人的景致吗？当你看到那玲珑小巧、清新俏丽的雨花时，是否和我一样深深地迷恋、深深地陶醉？雨花给人的感觉是美好的，然而你却不能留住它，也无法捕捉它！

　　有人说难得见到昙花一现，人们珍视昙花，是因为它开花的时间短，还是因为它的艳丽？而雨花不断地绽开、消失，默默地来，匆匆地去，从不被人注意，它不会使人们感到叶落花凋时的黯然神伤，因为它不会凋谢。它被大地吸收，汇成地下甘泉，滋润着草木和禾苗；它被小溪吞并，汇成一条条奔腾汹涌的江河，汇成浩瀚无垠的大海。

　　雨不停地下，雨花层出不穷，却瞬间即逝。它无声无息，却又好像在默默地诉说什么；它无私奉献，给人们留下了很多美好的遐想。

　　我喜欢听这滴答滴答的雨声，我喜欢看这瞬间消失的雨花。

我喜爱夜行

我喜爱夜行,漫步在沿河的马路边,不需要别人陪伴,只有我一个人。因为我喜欢独自行走在属于自己的黑夜中,感受只有自己的世界。

马路上行人很少,往来的汽车也很少,只是偶尔有辆汽车从身边一闪而过。一个人漫步在马路边,看着空中朦胧的月色和调皮的星星,听着风吹过树梢发出沙沙的响声,感受一排路灯洒下的温暖,一切都是那样的宁静、安详。

漫步在马路边,可以和苏轼一起品味夜景,欣赏"庭下如积水空明,水中藻、荇交横,盖竹柏影也"的美景;可以和李白一起,回忆童年,想起"又疑瑶台镜,飞在青云端"的乐趣;可以和杜牧在一起,仰望天空,体味"天阶夜色凉如水,坐看牵牛织女星"的雅兴;可以和辛弃疾一起,骑着小毛驴,聆听"稻花香里说丰年,听取蛙声一片"的夏夜之声;可以和赵师秀一起,等待好友,感受"有约不来过夜半,闲敲棋子落灯花"的孤独……

　　漫步在马路边,一个人,只有在这时,才能享受属于自己的个人世界;才可以毫无顾忌地或欣喜若狂,或流泪悲伤,或引吭高歌,或轻声吟唱;才能抛弃身上一切附加的东西,还原一个真实、纯洁的自我。因为只有面对自我时,才是真正的、真实的自己。

　　漫步在马路边,我还可以感受到平常所没有的寂静,只有在这时,我才能深深地体味到早已去世的妈妈好像仍与我同在。妈妈很温柔、很善良、很勤劳、很正直、很伟大,她把所有的爱都倾注在儿女身上,一生含辛茹苦,默默地为儿女付出。然而,在我上大学的时候,妈妈就永远离开了这个世界,离开了我们。妈妈,儿子还没有来得及报答母爱之恩,还没有来得及让您老人家享享福,您怎么就早早地匆匆离我们而去了呢?五十年过去了,如今,只要一提起我的妈妈,我就会情不自禁地潸然泪下。有时,我总觉得,妈妈一定化成了一颗星星,在天上看着我,守着我。有妈妈的守护,我行走在这漆黑的夜里,也会感到亲切和温暖。

　　我喜爱夜行,喜爱属于自己的世界。

雨过天晴云破处

喜欢方文山的歌词:"天青色等烟雨,而我在等你。炊烟袅袅升起,隔江千万里……"空灵,淡雅,有离愁,有合欢,全笼在江畔的暮色里,有着如烟般的禅意。

中国的词汇实在有意思,同样两个字,天青与青天,意思却不同。天青指雨后天晴时,天空所呈现的青色;而青天指完全晴朗的天空。同样是晴空的颜色,但天青色要比青天色更明亮、干净、清丽、朗润,一尘不染。再有,花青与青花。花青是从一种植物中提炼出来的青色颜料,而青花是景德镇最有名的瓷器。这种瓷器,如豆青青花、黄地青花、哥釉青花、青花五彩,无论是表现山水花鸟,还是人物仕女,那种雅致与洁净,古朴与清纯,含蓄与幽静,都有说不出的飘逸与韵味,让人打心眼里喜欢。

一直不明白,古人为何这般眷顾青色,五彩之中第一位就是青色。青,东方色也。青组词,有青云、青烟、青苔、青荇、青翠、青葱、青衣、青衫、青春、青丝、青史、青瓦、青灯等，仿佛只要与青一配上，就无端地有了诗意，有了诗情。

　　细研起来，青，单就颜色而言，并不单指蓝色或绿色，还有黑色，也许是如墨鸭翅膀那种能在阳光下反射出美丽青光的黑吧？要不怎么会有垂青、青睐这样的词呢，那是指水晶般明亮的黑色眼眸啊！喜欢你，欣赏你，专注地凝视你，才用到这两个词呢。还有，"朝如青丝暮成雪"，像乌云般飘逸柔顺的黑发，才配叫青丝吧，只这一句，便能让最豪放的诗人李白心中唏嘘，平添许多感慨……

　　作为雨后晴空颜色的天青，是有出处的，"雨过天晴云破处，这般颜色做将来"，是帝王对瓷器色彩的要求。只是这雨后天青实在不好做，用料十分考究不说，还得平心静气地在素胎上一笔一画精心画好，再上釉，烧制时得及时调控窑温。最绝的是出窑那一瞬，须是烟雨天，早一刻不行，晚一分更不行，如此方能保证青翠艳丽色纯正，胎体无瑕若凝脂，淡雅脱俗，极具美感。因此制作雨过天青的瓷器，成品极少，非常稀罕。可以说，得一件"天青"，全靠机缘。

　　似乎耳边还能听到歌声："天青色等烟雨，而我在等你。月色被打捞起，晕开了结局……"

花开的日子,真好

春去春又来,花落花又开,这个世界有了花,似乎变得更美。我喜欢花,而且执着地希望花开,不愿看到花落。

也许在这个世界上,没有人不喜欢花。从山茶花到红杜鹃,从郁金香到红牡丹,从蝴蝶兰到红玫瑰……它们都是很美的,真的。

我的家就在裕丰花市的旁边,闲暇的时候,我常到花市去逛逛。那一棵棵、一盆盆、一簇簇、一丛丛的花,竞相开放,争奇斗艳,绚丽多姿,五彩缤纷,它们总会拨动我的心弦。微风吹来,香气扑鼻,沁人心脾。此刻,欣喜之情洋溢在每个人脸上,也萦绕在花市的每一个角落。

花未开时,我期待着;花开时,我满足着;花落时,我惋惜着。为什么在花落时才知道惋惜,而在花开时不懂得珍惜呢?

花开的日子,真好;花开的季节,真美。我会珍惜每一朵开放的花,但我更期待着每一个未开的蓓蕾会开出更美的花。

要有自己的个性

　　我们每个人都是一片树叶,但是没有两片树叶是完全相同的。我们每个人是世界这个大舞台上的一个角色,每个角色都有自己的个性特点。正因为各人都有不同的个性,世界才变得如此千差万别,变得如此丰富多彩,变得如此绚丽多姿。

　　试想,如果人人的情感都变得一模一样,那么还有什么感情的沟通?如果人人的思想都变得一模一样,那么还有什么创新思想的诞生?如果人人的行为都变得一模一样,那么还有什么敢为天下先的壮举?如果每个人都失去了个性,世界将变成单调的、枯燥的、千篇一律的模样,人类的文明将会停滞,人类最终将走向毁灭。

　　我们每个人都有不同的思想、性格、气质,这些都是我们的个性,是我们的资本,是我们的财富。由于我们的思想千差万别,我们才能不断发现新思想、新理念,探索新道路;由于我们的性格千差万别，才有了社会这个大舞台上一个个鲜明的人物形象，才有了水浒一百单八将；由于我们的气质千差万别，才使地球这个大花园里充满了各种芬芳，才出现了姹紫嫣红的美景。

　　因为个性，才有了对春、夏、秋、冬不同的爱；因为个性，才有了对热闹、宁静的不同追求；因为个性，才有了对山川、大海、草原、荒漠的不同向往；因为个性，才有了赤、橙、黄、绿、青、蓝、紫的大千世界。

　　丘吉尔说："每个人都是一种昆虫，但我是一只萤火虫。"丘吉尔是一只与众不同的"昆虫"，我们也应知道自己是什么"昆虫"，然后，努力去做好这只独特的"昆虫"，只有这样，天空才会飞舞着各种各样的昆虫，天空才会多姿多彩。

　　我们生活在一个个性化的世界里，我们每个人都是世界的主角，我们都要有自己的个性。

没有异想,哪来天开

有这样一幅漫画。老师问:"雪融化后将会出现什么?"甲同学在黑板上写下"水",老师判对;乙同学在黑板上写下"春",老师给一个"×"。其实,乙的答案比甲的答案要高明得多,因为他没有搬用那尽人皆知的"水",而是开动脑筋,积极求新,从雪融化这一自然现象中,得出了"春"这个奇妙的答案,好一个发散思维。

由此,我想到了"异想天开"这个成语。异想天开,本指想法非常离奇,含有贬义。但是,从某种意义上说,异想天开并非贬义,而是褒义,是值得提倡的。爱因斯坦说:"异想是知识进化的源泉。"也就是说,异想是发明创造的源泉,是知识进步的源泉,是科学发展的源泉。我们说的异想,指的是敢疑他人之不疑,标新立异,独辟蹊径,不落窠臼的开拓和创新。康德有言:"独创性必然是天才的基本特征。"布莱克也说:"打破常规的道路通向智慧之宫。"可见，异想是值得肯定的。

没有异想，哪有天开的创举？纵观古今中外的发明创造，莫不如此。如果没有把字从笨重的竹片"请"到轻巧东西上的异想，怎会有纸的发明？如果没有通过屏幕显示图像的异想，贝尔德怎能制造出第一台电视机？如果没有凌空飞翔的异想，莱特兄弟的飞机绝不可能上天！可以说，社会的发展，人类的进步，就是建立在异想天开的基础上的。

以前，我们的传统教育所培养出来的一部分人，他们的思维模式受到传统思维模式的约束，往往迷信老师，迷信书本，迷信权威，不能也不敢异想天开。

今天，改革的大潮正冲击着古老的中国，振兴中华的大业需要的正是勇于异想天开、敢于打破常规陋习、具有开拓创新精神的人。但怎样才能培养出具有异想天开精神的人呢？拿学校教育来说，于老师，就要废除"满堂灌""填鸭式"的教学方法，鼓励那些好奇心强、能够提出新奇问题的学生，引导他们积极思维，求新立异；于学生，就要独立思考，肯动脑筋，不迷信老师和书本，敢于质疑，敢于发表与众不同的见解。

异想天开是一种极可贵的品质。但愿不迷信老师、在学业上敢于同老师"过不去"的学生更多地出现，但愿勇于异想天开、能够锐意进取的科学工作者越来越多。

业精于勤而荒于嬉

唐代大文学家韩愈在《进学解》里说:"业精于勤,荒于嬉;行成于思,毁于随。"这就是说勤奋刻苦能使自己学业精深,走向成功;怠惰马虎就会毁掉自己的前程。韩愈这两句话,历来是不少有志之士的座右铭。

著名学者王国维在《人间词话》里说过这样一段话:"古今之成大事业、大学问者,必经过三种境界。'昨夜西风凋碧树。独上高楼,望断天涯路。'此第一境也。'衣带渐宽终不悔,为伊消得人憔悴。'此第二境也。'众里寻他千百度,蓦然回首,那人却在灯火阑珊处。'此第三境也。"王国维在这里巧妙地摘取了三首宋词中的佳句,形象地说明了"成大事业、大学问"的人所经历的三种境界。第一种境界说明人们开始学习时,有如登楼远望,看到的是书山透迤,学海茫茫,眼花缭乱,意识到要学的东西很多,却不知从何下手。第二种境界说明人们逐渐尝到了知识或事业进取的滋味，废寝忘食，专心致志，以致把身子都熬瘦了，容颜都憔悴了，但也决不后悔。第三种境界，把求学治业比喻为一个人在人山人海的元宵灯市里，一下寻到了他心爱的人，正像对学问事业的追求过程中，终于有了发现，有了成功。这三种境界，集中说明的是"勤奋"二字。

有的人并不懂得这一点。他们往往只将失败归结于自己的条件不好，没有"成大事业、大学问者"的那种天才。殊不知一个人不管天资如何聪慧，如果不勤奋努力，贪于游乐，也会一事无成，潦倒终生。宋代王安石有一篇《伤仲永》的文章，就讲了一个神童叫方仲永，五岁能诗，名闻遐迩，可谓聪明绝顶了。如果在此基础上勤奋学习，也会成为一个"成大事业、大学问"的人。王安石第一次去看他时，见他才思敏捷；第二次看他，他却并没有什么进步；第三次去看他时，他竟然跟一般的人并无什么不同了。这是为什么呢？原来他有一个利欲熏心的父亲，每天拉着他串亲访友，以儿子的聪明作为自己交结乡党的资本，就这样在庸庸碌碌的应酬中，荒毁了这个天才的儿子。他的父亲不懂得即使是神童，如果不勤奋学习，也是不成的。

相反，只要勤奋努力，锲而不舍，即使是被认为不是天才的普通人，也会做出大学问，成就大事业。我国大书法家王羲之年轻时也很平常，书法远不如当时的名家。但他勤奋，博采众长，专心揣摩名家字体的间架结构和笔势。有时走路也想着写字，吃饭也在衣上划字，连衣襟都被划破了。相传他每天坐在池边练字，不知写完了多少墨水，写烂了多少笔头，洗笔砚竟把池水染黑了。今天绍兴市西街成珠寺的墨池，相传就是他洗笔砚染黑的。人们只知道王羲之的字活泼清新、刚劲有力，却不大想到他一生下了多大的功夫！

"看似寻常最奇崛，成如容易却艰辛。"要做一番大事业，成就大学问，不勤奋学习，不艰苦奋斗，不经历种种艰难困苦，那是不成的。

超越

果实超越花朵,而泥土超越果实;岁月超越生命,而灵魂超越岁月。

突破躯壳,种子举起希望的旗;跳下悬崖,瀑布唱响高昂的歌。

超越是雏鹰飞向蓝天的第一次展翅,是婴儿迈向人生蹒跚的第一步。超越是一次泪光中的微笑,超越是一份痛苦中的幸福。

把意志绷成弦,而超越就是离弦的箭;用心血磨成剑,而超越就是锋芒的初试。

每一次超越,我们都会领略世界的高远,我们都会看到新奇的风景。每次的超越,是刚刷新的起跑线,又是奔向下一个目标的新起点。因为,新的高度又在面前。

一切的超越,都从零开始,都从脚下起步。

山上之石与河里之石

大家都知道，山上的石头棱角分明，而河里的石头却圆润光滑。人也一样，有的人敢于发表自己的见解，勇于批判不合理的现象；而有的人却唯唯诺诺，见风使舵，八面玲珑。

山上的石头和河里的石头，构成壮美的山河，而像山上石头一样的人和像河里石头一样的人，则构成了大千世界。

我觉得做人，应当做像山上石头一样的人，而不做像河里石头一样的人。

晏子是我国古代名臣，他的才智一直为人们所称道。可就是这绝顶聪明的晏子，却做了一件令人十分不解的事，即把跟随他三年从未做过错事的高僚给辞退了。周围的人很奇怪，纷纷探问其故。

晏子答道："我年老不中用，就如弯曲之木，须用规矩定方圆，用斧头削、刨子刨，方能成器，高僚与我相处三年，对我的过失不发一言，于我何用？"

晏子之所以辞僚，就因为高僚没给他提意见，对他没有用处。高僚就是一块典型的河中之石。

遗憾的是，像这样的河中之石，如今仍然屡见不鲜。君不见，有些人"是非面前不开口，遇到矛盾绕开走"，有些人"不出头，不冒尖，免得冒风险"，有些人"多栽花，少栽刺，多一事不如少一事"。一句话，这些人就是怕得罪人。更有甚者，有些人见人说人话，见鬼说鬼话，阿谀奉承，溜须拍马。

这种人，人际关系确实不错，甚至有的还可以得到领导的器重，但是对于社会来说，他们的好处又在哪里呢？其实，他们只是一群地地道道追求个人利益的自私鬼。

中华几千年的文明史，有不少诸如魏徵、王安石等的敢谏之人，名垂青史；但也不乏李林甫、秦桧之流，遗臭万年。历史向我们证明：不论哪一个朝代，哪一类统治者，真正需要的还是如山上石头那样的人。

我们应当做一个正直的人，做一个诚实的人，做一个心口如一的人，做一个像山上石头一样的人。

取长与补短

经济学界和管理学界常会提到"木桶原理"。一个木桶由许多块木板组成,如果这些木板长短不一,那么这个木桶的最大容量将取决于那块最短的木板。就"木桶原理"的本义来看,在一定的条件下,显然有其合理性。例如企业能否发展,往往会受到短板效应的影响,某一最薄弱的环节会使一切努力付之东流,这在现实中并不少见。因此,作为企业来说,必须要找出影响企业发展的短板在哪里,并采取积极有效的措施来补短,才能促进企业的发展。

人与人之间的个性差异是客观存在的,也是无法否定的。对于我们每个人来说,不要否认这些个性差异,而是要从差异中找到自己的长处和短处、优势和劣势,最重要的不是补短,而是取长。也就是说要充分发挥自己的优势,发展自己的特长,以自己的所长为人类造福。对于领导者来说,用人最重要的也不是补短，而是要取长，也就是说不是研究每个同志的短处，千方百计去补短，而是首先要研究他的长处，发挥他的优势，使他在工作中得以更好地发展。

人在哪些方面可以得到充分发展，是需要依赖某些特定条件的，如个人的兴趣、爱好、特长，或是在某些方面的灵感。各人的兴趣、特长是不同的，如果在学科或职业的选择上，在把握个人奋斗的方向上不切实际，不分析自己的特长和优势所在，不向自己优势的方向发展，而是盲目补短，结果是很难如愿的。

比尔·盖茨没有付出许多的汗水去读完大学，却靠开发软件的灵感和辛勤开拓，成就了微软事业。钱钟书先生在考清华大学时，数学成绩不够理想，学校没有苛求，他也没有刻意去补这块短板，而是将自己的强项发挥到了极致，成为一代国学大师。

如何发挥自己的优势，如何发展自己的特长，如何在自己擅长的领域辛勤耕耘，将九十九分汗水挥洒在那一分灵感所及之处，应是每个追求成功的人需要认真思考和把握的。

生不逢时

人的一生，个人的经历、所处的环境不同，成败、祸福、富贵、贫穷也不尽一致。有的人时运不佳，身处逆境，生活艰难困苦，挫折、失败、磨难、灾祸频频袭来，万念俱灰，不禁捶胸叹息："生不逢时，天命使然。"

我以为：生不必逢时。难道说生于乱世就一定遭难于身，生于太平盛世就一定高枕无忧吗？常言道："乱世出英雄。"沧海横流方显出英雄本色，造就英雄伟才，并非因时因命，而是因人。人的成败离不开自身的进取、奋斗和努力。

孟子曰："故天将降大任于是人也，必先苦其心志，劳其筋骨，饿其体肤，空乏其身，行拂乱其所为，所以动心忍性，曾益其所不能。"人若有才，终有用武之地，英雄不问出处，是英才是庸才，以其所成之事而论。成大事者，全凭自己的才德和奋斗，并非只依赖于天时地利。

泱泱中华，历史悠久，文化灿烂。汉赋、唐诗、宋词以及明清小说皆因朝代而异，各有精华。无论生于何时何地，有才者终能占一席之地，何须叹生不逢时。我相信天生我材必有用，皇天不负有心人。一个人的能力有大有小，但只要发挥一己之长，做力所能及之事，皆是社会有用之才，皆如中流砥柱，并非时代所能左右。

常言道：态度决定高度。人之心，决定人之行，若心惧生存的环境，则因惧而避世；若心坚如磐石，则无论何时何地，都不轻言放弃。纵使生不逢时，只要不自弃，自当有所作为。埋怨无用，哀叹无用，时不就我我就时，方为真理。

姜太公苦等明主，白了双鬓，老去华颜，也削减不了雄心壮志，故能等来文王，最终成百家之宗师，皆因其心坚。太史公司马迁遭宫刑之辱，也不因时而弃，终有被称为"史家之绝唱、无韵之离骚"的《史记》问世，皆因其心坚，胜于时势。

我以为：生不必逢时，即使时不利我，也应顺时而动，以其心坚成就大事。甘于听天由命，让此生碌碌无为，甚至受苦受难，这是弱者所为，我当鄙之。

有时也不妨为失败唱支歌

我们每个人都渴望成功，谁会希望失败光临呢？然而，仔细想来，成功固然是件好事，可喜可贺，但失败也不尽是坏事，有时也不妨为失败唱支歌。

漫漫人生路，失败是一种客观存在，任何人都会有失败，只有失败过，我们才知道什么时候该总结反思，什么时候该扬帆起航，什么时候该退避三舍，什么时候该当仁不让。经历了失败，我们才会细细咀嚼苦涩的滋味，使意志更坚定，筋骨更坚韧，做到百折不挠，一步一步走向成功。

三国时期的刘备，虽然弃新野，走樊城，败当阳，奔夏口，几乎无容身之地，但终成一代霸业。

年轻的朋友，面对失败坦然些，潇洒些，乐观些，自信些，就会少一些烦恼忧虑，少一点萎靡不振，多一分"天生我材必有用"的心境，多一点脚踏实地、埋头苦干的进取精神。况且，我们拥有青春，拥有时间，拥有机会。让我们相信：有一种失去叫拥有，有一种失败蕴含着成功，当我们前脚迈出失败的时候，或许，后脚就踏上了成功。

我们想要飞翔

也许,昨夜的那场狂风暴雨,还在隐隐地灼痛我们的心灵;也许,枝头上的花儿,还没来得及美丽就已凋谢,徒留给我们一份遗憾和悲凉。

也许,有许多路,我们走着走着就失去了方向;也许,有许多个夜晚,我们刚刚起程就没有了星光;也许,我苦苦讴歌的诗篇,始终无法感动你的善良;也许,我们辛勤耕耘的土地,到秋天时依旧是一片荒凉。

但是,我们仍旧想要飞翔。

用我们的鲜血和激情祭祀远航的船桨,用我们的理想和坚韧升起人生的太阳。失败了不要痛苦,成功了不要张扬。我们虽然是一群平凡的人,却想把属于自己的生命,锤炼得更加坚强,更加明亮。

要唱就唱吧,唱他个地老天荒。

要哭就哭吧,哭他个痛快悲伤。

无论如何,我们都要插上一对坚强的翅膀,荷载着所有的憧憬、希望和理想,去更远的地方飞翔。

新年畅想

伴随岁月轻轻的脚步，在不知不觉中，新年又悄悄来临了。

"爆竹声中一岁除，春风送暖入屠苏。千门万户曈曈日，总把新桃换旧符。"是啊，新年，这举国欢腾的节日，是新的一年的起点，是春天的使者，是春暖花开的前奏。新年一过，大地复苏，万物勃发，风和日丽，春意盎然。放眼望去，又是一年芳草绿。

新年，在人们的意识和情结里，总是与吉祥、快乐紧密连在一起，与团圆、牵挂紧密连在一起，因此无论是老人还是小孩，无论从事什么职业，无论在天南还是地北，大家都想着要回家过一个欢乐年，过一个团圆年，正所谓"有钱无钱，回家过年"。

新年，我们更多的是回顾过去，畅想未来。过去的一年里，我们每个人都经历了艰辛、挫折、磨难、失败，也都体味了平安、快乐、顺利、成功……但无论得失，无论丰歉，无论悲喜，我们都走过来了。走过来了，面对新年，我们就是赢家，就是胜利者。展望未来的征程，新的目标、新的希望、美好的前景在向人们招手。人们不得不让刚刚停留的脚步重新上路，以饱满的精神迎接新的挑战，去展示那"雄关漫道真如铁，而今迈步从头越"的豪迈；去经历那"年年岁岁花相似，岁岁年年人不同"的人生；去重温那"日出日落三百六，周而复始重头来"的滋味。

每一次新年，只是人生岁月长河中的一个界碑，是人生历史里的一个逗号。有多少人为了把自己人生的历史写得更精彩，正在执着地、年复一年地付出艰辛和汗水。

唱起新年的颂歌，奏响新年的乐章，献上新年的祝福，祝大家新年好！在一年的三百六十五里路上，多少烦恼，多少挫折，多少眼泪，都被这一声问候驱走，前方一片光明，心头阳光灿烂。

春节的韵味

春节是千百年来中华民族最喜爱的节日,也是最令人陶醉的节日。它像摆在历史果盘里一枚经过了千百年风雨洗礼、凝重清香的金果,让人亢奋,让人回味。

在两千多年前的古代,春节因众人的一种聚会而开始形成节日,以后渐渐成为人们一年四季之后的一次"总结"活动。唐太宗李世民曾在诗中吟咏:"四时运灰琯,一夕变冬春。送寒余雪尽,迎岁早梅新。"可见唐代的春节已经体现着强烈的节令感,是春天开始的象征。

在漫长的历史长河里,春节的韵味随着不同的时代不断变化着。燃烛守岁,畅饮美酒,燃放爆竹,张贴春联,合家团圆,其乐融融。当然在那遥远的时光隧道里,也有"一年将尽夜,万里未归人",以及"寒暄一夜隔,客鬓两年催"的感慨之声。

因为春节,再远的旅途也要抢着返程,打点回家;因为春节，再漂泊的心灵也在寻找那盏温暖的灯火……过年放鞭炮、贴春联、亮花灯、舞狮子、年夜饭、串亲友等，是春节民俗文化的表现，也正是这一声声鞭炮、一副副对联、一张张"福"字、一盏盏花灯、一只只狮子、一席席盛宴，还有一份份心灵的抚慰和净化，共同形成了中国春节的物质和精神两个层面的和谐统一。

春节总是凝结了国人太多的向往和期盼。它是一年的过去，又是一年的开始。所以，现在的人们把春节打扮得很时尚，很艳丽，很热闹。衣食温饱早已解决，吃年饭兴起去饭店的热潮，电话问候、短信祝福、网上贺卡、旅游过年，等等，把本来很传统的春节变得现代而个性，充满了与时俱进的精神。

心灵撷珠
XINLING XIEZHU

君子以厚德载物

宽容是一种素质，一种情操，一种美德。宽容不是懦弱、胆怯，而是海纳百川的大度与包容，是笑看风云的开怀与爽朗。

古人云："君子以厚德载物。"意思是说君子应该像大地承载容纳万物那样，以宽厚的品德包容一切。古人又云："不念旧恶，怨是用希。"意思是说不要记过去的仇怨，别人对你的怨恨就会少了。

唐初，魏徵曾支持李世民的兄长李建成反对李世民，但李世民夺取帝位以后，不仅没有诛杀魏徵，反而委以重任。魏徵在职期间，先后向唐太宗李世民陈谏二百余事，涉及政治、经济、军事、文化等众多方面，对匡正唐太宗的决策，起了重要作用。他去世后，唐太宗曾感叹说："以铜为镜，可以正衣冠；以古为镜，可以知兴替；以人为镜，可以明得失。魏徵殁，朕亡一镜矣！"唐太宗把魏徵比作可以从中看到自己得失和缺点的镜子，体现了胸怀博大、不念旧恶的明君风范。

战国时，由于护驾有功，蔺相如的官位一路直上，引起大将廉颇的忌妒与不满。面对廉颇的无理取闹，蔺相如宽容地笑而避之，引出一段"负荆请罪"的佳话。从此廉颇与蔺相如携手，文武双治，保卫了赵国的大好河山。宽容不但能使自己的心灵宁静，而且能给别人一份精神的抚慰，改善人际关系，化解人与人之间的矛盾，促进群体和谐，利国利民。

反观心胸狭窄的人，遇到挫折与不满就喋喋不休，抱怨这抱怨那，纵有天大的本事，也难有建树。东吴周瑜，是十分卓越的军事家，把庞大的东吴水师治理得井井有条，是位不可多得的将才。但他气量狭小，面对诸葛亮的神机妙算，虽自知不如却又不甘落败，发出"既生瑜，何生亮"的凄叹，落了个吐血身亡的凄惨结局。

我国历代思想家都主张把宽容作为个人道德修养的重要内容，也作为处理人际关系的基本准则。千百年来，宽容的美德造就了中华民族和谐友爱、宽宏大度的民族性格，是值得我们继承和发扬的。只要每个人都能够宽容一点，大度一点，我们的生活就会更加友爱、和谐、美好而精彩。

守住乐观的心境

人生在世，忧乐相伴，苦乐相随。人希求常乐，却又避不开忧苦。因为不顺心、不如意的事常常发生，悲观的情绪笼罩着生命的各个阶段。

一位著名的政治家曾经说过："要想征服世界，首先要征服自己的悲观。"一个人如果一味地沉入不如意的忧愁中，只能使自己变得更加不如意；如果战胜悲观情绪，用乐观的情绪支配自己的生命，你就会发现生活原来别有一番洞天。征服自己的悲观情绪，便能征服你所遇到的一切困难之事。

既然悲观于事无补，那我们何不换个角度，用乐观的态度来对待人生、善待自己呢？"宠辱不惊，闲看庭前花开花落；去留无意，漫随天际云卷云舒"，保持这种心境不是很好吗？

乐观的人，处处可见"万紫千红总是春""千里莺啼绿映红""百鸟枝头唱春山""柳暗花明又一村""霜叶红于二月花"；悲观的人,时时感到"流水落花春去也""东风无力百花残""黄梅时节家家雨""山重水复疑无路""举杯消愁愁更愁"。

一个心态乐观的人,可在茫茫的夜空中读出星光灿烂,增强自己对生活的信心;一个心态悲观的人,让黑暗埋葬了自己,而且越埋越深。因此,无论何时何地、身处何境,都要用乐观的态度微笑着对待生活。在微笑中消除悲观情绪,在微笑中将不利于自己的局面一点点打开。

悲观容易,乐观难。悲观在寻常的日子里,随处可以找到,而乐观则需要努力,需要智慧,才能使自己保持一种人生处处充满生机的心境。悲观会使人生的路越走越窄,乐观会使人生的路越走越宽。

守住乐观的心境,"不以物喜,不以己悲",就能看遍天上胜景,览尽人间春色。

人要活得安然

安然能使一个人的内心从狭小走到辽阔,从狂乱走到沉静,从复杂走到简单。能容、能忍、能让、能原谅,平心静气,无欲无求,是至高的人生境界。

安然的人拿得起、放得下,想得明白、看得开,过得洒脱。一个人若是思想通透了,行事就会通达。世俗的名与利,不是不要,而是无论得到或是得不到,得到的是多还是少,都不在乎。

安然的人没有紧蹙的双眉,没有忧愁的苦脸,外部的物质世界诱惑不了他、撩拨不了他、打动不了他,自然就不能左右他。再紧急的事,也能从容不迫地处理好;再撩人的事,也能云淡风轻地过去;再痛苦的事,也能轻拢慢捻地度过。

真正的安然,一定经过命运一次又一次的荡涤,一定经过生离死别的考验,一定经过爱恨情仇的折磨。一切都熬过去了,一切都经历了,生命的底色,增了韧,淬了钢,添了柔。这时候变得安然的生命，已经沉静到扰不乱，稳健到不动摇，淡定到心如止水。

　　一个人活得幸福，才是王道。幸福之外的任何东西，譬如金钱，譬如权势，譬如荣誉，都是人生的附属品，等到老去，回首一生，不过是过往的烟云，一回眸，便全散了。人是否幸福，不是你得到多少，拥有多少。我觉得在一个真正安然的人的心底，有一种感觉，尽管不强烈，淡淡的，却更容易让人产生绵延的幸福感和满足感，那就是他们心底的那份安定与从容，平和与泰然。宠辱不惊，闲看庭前花开花落；去留无意，漫随天际云卷云舒。

　　生命真正的味道，只有你活得安然，才能体会出来。

美好性格是可塑造的

在现实生活中，我们会碰到各种性格的人。有的人勇敢而坚定，会使面临困难的人重拾信心；有的人机智而沉着，会使处于动荡形势下的人感到踏实；有的人热情而富于同情心，会使人感到温暖；有的人博学而谦虚，会启迪人们的智慧；有的人文雅而高洁，会使人忘掉俗气；有的人正直而开朗，会使人没有顾忌。与这些有美好性格的人在一起，你会感到生活的乐趣、事业的美好、前途的光明。但有的人走到哪里，哪里的人就会感到别扭和难受。当那些阴郁、孤僻的人，怯懦、动摇的人，骄傲、放纵的人，褊狭、多疑的人同你在一起的时候，你可能会感到别扭、乏味，甚至是不愉快。

人的性格是在人们生理因素的基础上，在社会实践中逐渐形成的，而且随着一个人社会实践的变化而发生变化。有人说："江山易改，本性难移。人的性格是从娘肚子里生下来就有的，是改变不了的。"这种说法未免有些片面。性格与生理因素有着密切的联系，但对一个人性格起决定作用的，还是社会因素，是他的社会实践。

南宋著名民族英雄岳飞，在他那首气势磅礴的《满江红》词里写道："靖康耻，犹未雪．臣子恨，何时灭！驾长车，踏破贺兰山缺。壮志饥餐胡虏肉，笑谈渴饮匈奴血。"这种英勇无敌的性格，并非生来就有的，而是在国家和人民处于危机之时，由对敌人的无比仇恨、对国家和人民的无限热爱所激发出来的。

性格是可以塑造的，美好的性格要通过自己的美好行为来塑造。骄傲的人可去拜访名人、伟人，或者读读他们的著作，就会惊叹他们的才智和人格有如高山、大海，自己只不过是一颗沙粒、一滴水珠。"学然后知不足"，不断学习，就会变得谦虚起来。陈毅同志说得好："九牛一毫莫自夸，骄傲自满必翻车。历览古今多少事，成由谦逊败由奢。"

孔子是很讲究美好性格的塑造的，他在《论语·先进》里曾说："求也退，故进之；由也兼人，故退之。"意思是讲学生冉求胆小，遇事退缩，所以要给他壮壮胆；仲由胆大，办事粗鲁，所以要经常制止他。孔子是个大教育家，他根据不同的人"因材施教"，把他们的性格塑造得美好一些。

我们每个人都可以通过社会实践，加强文化科学知识学习，增加阅历，增长才干，来塑造自己美好的性格。

江海称其大者，以无不容

宋仁宗时期，一次名相富弼平白无故遭人谩骂，有人告诉他说，谁谁在骂你，富弼听后回答："大概是骂别人吧。"那人继续说："是指名道姓地骂，怎么是骂别人呢？"富弼想了想回答："恐怕有人跟我同名同姓吧。"事后，因误解而骂富弼的人闻之大惭，赶紧找机会向富弼道了歉。从这个故事里，我们不难看出宽容是一种大智慧。

由于各种主客观原因，每个人都会有这样或那样的过错。如果在日常相处中，对别人的过错能以宽容的态度对待，就等于给对方提供了改过的机会。一旦我们有了过错，也会得到别人的宽容和理解。

唐朝的韩愈和柳宗元在政治见解和文学见解上有很多不同观点，两个人几乎论战了一生。但柳宗元去世以后，韩愈怀着哀痛的心情，写下了《柳子厚墓志铭》，赞扬了柳宗元的高风亮节。

胸有大志,就不会计较小事,不争一日之长短,不争一言之褒贬,就能体谅别人,能容忍别人的不同观点和缺点。正如冯梦龙在《增广智囊补》中所言:"智不足,量不大。"古之成大器者,都是有智慧的,都是有气度的。

人非圣贤,孰能无过?宽容无疑是一种美德,这已经成为大家的共识。宽容更是一种人生智慧,一种处事的境界,使人带着自信的微笑面对人生。

一个人,一旦拥有了宽容,便拥有了广阔的胸襟,便拥有了巨大的人格魅力。

在现实生活中,有人被误解时,仍能宽宏大量,泰然处之;有人被别人无意伤害时,还能体谅、尊重他人的感受。这些人都拥有一颗宽容的心,时时处处都能善待他人。正所谓"天称其高者,以无不覆;地称其广者,以无不载;日月称其明者,以无不照;江海称其大者,以无不容"。

人生之三种境界

人生要有三种境界，即沉得住气，弯得下腰，抬得起头。

一曰沉得住气。人生旅途，难免有失意和得意，有逆境和顺境，有低谷和高峰。在不同的境遇中，尤其是身处逆境中，怨天尤人，诅咒命运的不公，都是沉不住气的表现。沉得住气是一个人睿智的彰显，是一个人成熟的标志。人在旅途中，宛如茫茫大海中的一叶小舟，只有自己从容驾驭，直面前方的惊涛骇浪，才能乘风破浪，驶向理想的彼岸。

二曰弯得下腰。弯得下腰就是做人要低调谦卑，能屈能伸。古人韩信胯下弯腰，成就了大汉四百年的基业。可见，弯腰是一种姿态，是一种内心的境界，也隐含着一个人内心的自信。翠竹因弯腰而坚忍不拔，稻穗因弯腰而丰硕厚重。

三曰抬得起头。抬得起头是说人无论身处逆境还是顺境，都要保持一种乐观进取的心态。然而，抬得起头不是盛气凌人，而是谦逊待人；不是以己之长比人之短，而是正视自我，见贤思齐；不是因己之拙忌人之能，而是有自知之明，后发赶超。简言之，抬得起头，就是要正大为先，诚恳为贵，通达为怀。

质本清来还洁去

浙江桐庐有一座山水秀丽的桐君山。

关于这座山有着美丽的传说。据说在古时候，山上长着一棵郁郁葱葱的桐树，树下有位老人，悠然自得。有人问其名，老人一笑，指桐为姓，桐君由此而得名。又传说这老人医术高超，妙手回春，在当地百姓中有口皆碑。今人在游山玩水之时，能够发"思古之幽情"，实在颇有趣味。

桐君山的最妙处，我以为还是登上此山的山巅，到八面来风的四望亭中，俯瞰山下的美景。山脚是彩练似的富春江和玉带样的天目溪，两江合流之处，只见江面上被一道分水线一分为二，左边的富春江浊流滚滚，右边的天目溪碧波盈盈。这一番泾渭分明、激浊扬清的场景，让身临其境的人生出一种高雅的情怀和旷世的豪气。听当地的老乡说，每当夏季发洪水的时候，富春江的浊流凭借天时地利，扩充地盘，欲疯狂地吞并整条天目溪的清流。而清流总是奋力抗争，推涛兴浪，以清驱浊，至死不肯"同流合污"，仍然是一条碧波浩荡的清流。

记得南北朝时期梁朝文学家任昉看了陕西境内的泾河、渭河清浊相争之后，以诗言志，留下了"伊人有泾渭，非余扬浊清"的诗句，字里行间，深刻地表现了对清浊之流爱憎分明的情感。

半江碧水半江浑，一分春色一分秋。为人处世，也应该堂堂正正，质本清来还洁去，不叫风骨付浊流。一如清溪清流，始终坚定自己的信仰，一路高歌前进，浩浩荡荡，扫涤污泥浊水，保持清流本色。即使乌云蔽空，浊浪冲天，也不做同流合污之辈。我们的社会应当倡导这种清流精神，弘扬这种清流精神，赞美这种清流精神。

自信而不自负

自信，是人的一种优秀的品质，是一个人学业、事业取得成功的重要条件之一。古往今来，有很多伟大人物凭着一股超人的自信心，创造了伟大的业绩。

当门捷列夫发现元素周期律的时候，许多人反对他，甚至他的导师也嘲笑他，但他坚信自己是正确的。后来，他的研究成果终于被科学界承认，并引起广泛的重视。

还有居里夫人、诺贝尔……如果不是他们以顽强的自信心，攻克了一个又一个难关，也许我们现在还不知镭、炸药为何物呢！

当年，萧伯纳曾用九年的时间写了五部文学作品，但都被出版商退了回来，这期间他得到的稿酬总共不过六英镑。但他毫不气馁，充满自信，更加勤奋地写作，终于成为英国著名的文学家。

成功者的经验告诉我们：自信是通向成功的必由之路。每个人，即使是平凡的人，他身上也具有某些别人所不具备的潜在长处和能力。而且一般说来，大自然赐予每个人的天赋差不多，而如何发现、发挥这种天赋，人与人之间就出现了差异：自信的、顽强的，干出了一番事业；自卑的、懦弱的，一事无成。

　　当然，自信不等于自负。自负的人往往狂妄自大，听不进任何意见，就像《三国演义》里的马谡，结果只会害了自己，毁掉事业。自信的人都谦虚谨慎，不断学习，不断充实自己，最后超越别人。自信的人会在失败中奋发，从失败中吸取教训，东山再起；自负的人在失败面前永远是弱者，必然一蹶不振。

　　我们每个人都要清醒地认识自己，树立自己的自信心，始终保持自信而不自卑，自信而不自负。要知道，人一生中会遇到很多困难、挫折、失败，但只要相信自己，勇于拼搏，成功就在眼前。

友情如酒似茶

有人说,友情如酒,经历的岁月愈久便愈香;有人说,友情似茶,那味淡而不浓,却沁人心脾。

友情在人们的生活中占有十分重要的地位。友情能使我们彼此交流,倾吐心声,畅叙情感,加深了解;友情能使我们相互切磋,相互砥砺,取长补短,共同进步;友情能使我们相互惦记,彼此关爱,增添生活乐趣,使生活丰富多彩。

的确,一个人在社会生活中,如果没有可倾吐心声的知音,没有"心有灵犀一点通"的至交,没有情同手足的伙伴,没有可披肝沥胆的诤友,必然会感到孤独和无助。

一曲《阳关三叠》,飘出缕缕情愫;一支《高山流水》,奏出幽幽心曲。人生难得一知己,千万知音难寻觅,所以我们要好好珍惜这难得的缘分,珍惜这来之不易的相聚、相识和相知,珍惜这真挚的友情。古人如是,今人也该如斯。

真正的朋友之间不需太多的客套，更容不得半点虚假。真正的友情更重视的是朋友之间内在情谊的深厚真挚，而不在乎其外在形式是否华美艳丽。

　　也许你和好友不能长久地共处一地，但你与好友间的深厚友情，却永远不会因双方"各在一方"而有所改变。正所谓"海内存知己，天涯若比邻"。

　　依依不舍的挥手相送，"长亭更短亭"的伤心别离，都是友情至真至纯的明证。虽然有时会"此地一为别，孤蓬万里征"，虽然有时会"劝君更进一杯酒，西出阳关无故人"，虽然有时会"念去去，千里烟波，暮霭沉沉楚天阔"，虽然有时会"夕阳西下，断肠人在天涯"，但是，只要怀揣好友的关爱与祝福，又何愁前路无知己？又何必因为暂时的别离而在"歧路"上泪沾衣巾呢？

　　真正的友情是一杯绵厚醇香的酒，真挚的友情是一杯清香淡雅的茶。

保持适当的距离

在这个大千世界上,物与物、人与人、人与物之间,都应该保持一定的距离,因为距离产生美。

物与物之间需要保持适当的距离。植物之间如果距离太近,会因营养缺乏而畸形或枯萎;车辆之间如果距离太近,会产生摩擦或碰撞而发生不良后果,所以我们在车辆的后部常常会看到——保持车距!

人与人之间同样需要保持一定的距离。同事之间,距离是友好;朋友之间,距离是爱护;亲人之间,距离是尊重;爱人之间,距离是美丽;陌生人之间,距离是礼貌。这距离的远近还得靠一个人用智慧去把握,原则是让自己愉快、别人轻松。人世间有许多情感都毁在这个距离上。太远显得生分,太近又生出矛盾。适当的距离,其实就是彼此爱护、彼此尊重,能够随时退一步的海阔天空。

人与物之间也需要保持一定距离。正在操作机器的工人，如果手距离机器太近，容易出现事故，对身体造成伤害；到庐山旅游的游客，如果在山下远看，能够领略到庐山峰峦起伏、高大雄伟的壮观景象，但如果登上庐山去近看，则欣赏不到那种壮观的景象了，真可谓"不识庐山真面目，只缘身在此山中"。

人与人之间，保持适当距离，就是给对方的心留下一片空间，我们没有权利侵犯别人的隐私，也是给自己留下一点缓和的余地，以免距离太近，交往过热，招致别人的反感。保持适当距离，也是我们表达爱的最佳方式。爱不是枷锁，爱不是牢笼，爱不是手段；爱是沟通的心桥，爱是心灵的相印。距离就提供了这样一个空间，里面有自己，也有别人，双方可以相处轻松，合作愉快。两个相互爱恋的人并不是在同一个空间里，而是在各自的空间里，相互保持一定的距离，即使有朝一日走的路不再相同，也能够问心无愧地分手告别。

没有距离的相处，是最容易出问题的，人们往往只想着自己，无法顾及别人的感受。就算是爱，也常爱得霸气，爱得富有侵略性，爱得富有占有性，不仅要占有对方的肉体，还要占有对方的灵魂，这样的爱，能走多远？即使勉强生活在一起，也是同床异梦。当我们最终在爱里失去了别人，失去了自己，也失去了世界的时候，你就会明白，距离原来是爱的翅膀。世界上的一切都因距离而变得和谐美好。

纯洁而崇高的友谊

结交朋友,是人们生活中的一个重要组成部分。朋友有好有坏,交友要慎重。孔子在两千多年前就提出了这个问题。他说:"益者三友,损者三友。友直,友谅,友多闻,益矣;友便辟,友善柔,友便佞,损矣。"意思是讲,交有益的朋友有三种,交有害的朋友也有三种。正直的朋友,讲信用的朋友,知识渊博的朋友,对你是有益的;而善于花言巧语的朋友,当面奉承、背后诋毁的朋友,专讲空话、不见行动的朋友,对你是有害的。孔子这番话,今天仍有值得我们借鉴之处。

真正纯洁而崇高的友谊,不但彼此能够贫贱相扶,患难与共,而且可以生死相托,在任何恶势力面前也不会背弃自己的朋友。唐代杰出的文学家柳宗元和刘禹锡,就是一对这样的朋友。他们同是唐代永贞改革集团成员,改革失败后,二人两次同时遭贬。第二次柳宗元被贬柳州,刘禹锡被贬播州(今遵义市)。刘禹锡有八十高龄的老母要随身奉养,到这样荒僻边远的地方是不可想象的。这时,柳宗元一心想到的是朋友的困难,决心帮助他克服困难,但这样做要冒"忤旨"的风险呢!幸亏裴度从中帮助,才终于使刘禹锡改贬连州(今广东省连州市)。这件事充分表现了柳宗元在恶势力面前,也不背弃朋友的珍贵友情。后来柳宗元在柳州饮恨而逝,遗下孤妻弱子,这时刘禹锡也尽力相助。他帮助亡友抚养六岁的幼子,帮助亡友整理遗稿并编纂成集,写前言介绍柳宗元的生平和他在文学上的巨大成就,表现了对亡友的深切情谊。

真正纯洁而崇高的友谊,还表现在道义相砥、学业相砺上。唐代大诗人白居易和元稹之间的友谊就是如此。白居易为了继承和发扬《诗经》和汉魏乐府以来的文风,提出了用通俗形式写诗歌的主张,并亲自实践,这就是被后人称为"新乐府"的诗歌。当时首先起来支持、效法白居易的,就是元稹,两人遂成莫逆之交,相互砥砺。白居易在《与刘苏州书》中谈到元稹时说:"然得隽之句,警策之篇,多因彼唱此和中得之。他人未尝能发也。"表现了他对元稹的深厚感情。两人后来彼此赓和,写了大量新乐府诗歌,一时被称为"元和体",结集出书,便是至今流传的《长庆集》,从而形成一个新的诗歌流派,对中国诗歌的发展产生了很大的影响。

友谊应是朋友、挚友、战友之间,在工作和学习上,在艰难困苦之中,由于相互帮助和支持而建立起来的一种美好感情。它有时比天然的亲属之情显得更珍贵,比缠绵的情侣之间的恋情和甜蜜的夫妻之间的爱情有着更宽广、更严肃的内涵。

交友贵在诚与敬

古往今来，中国人都讲究交友待客之道。这个"道"贵在"诚"和"敬"两个字，即提倡以诚心和敬意对待客人和朋友。

《易·系辞传》中说"上交不谄，下交不渎"，就是说不低声下气，又不高傲怠慢。《礼记》中说："不失足于人，不失色于人，不失口于人。"意即不要出现行动、态度、言论上的错误。明朝学者薛瑄在他的《读书录》中说："虚心接人，则与人无忤；自满者反是。"他把虚心看作交友待客的根本。

我国古代有不少尊客爱友的佳话。《史记》记载了廉颇负荆请罪，最终与蔺相如成为"刎颈之交"的故事。后人以"刎颈交"称同生死、共患难的朋友。三国时孙策和周瑜从小就是好朋友，此后友情与年岁俱增。《列子·汤问》中写道：伯牙善鼓琴，钟子期善听。两人遂成为知己。相传子期死后，伯牙不再鼓琴，因为没有知音了。

古代"文人相亲"的故事很多。晋代陆凯折了一枝梅,交给驿使,嘱他带给范晔,说:"江南无所有,聊赠一枝春。"后来书上缩写"折梅""折柳",都是表示友情为重的美词。李白是一个十分敬重朋友的人。李白在桃花潭附近一位朋友汪伦家里做客后,专门写了一首诗:"李白乘舟将欲行,忽闻岸上踏歌声。桃花潭水深千尺,不及汪伦送我情。"可见李白的交友之道是很高尚的。

我国有讲礼貌的传统,流传下来的称颂友情的专用语不少。如称你我同心为"金兰",称朋友相助为"丽泽",尊父亲的朋友为"父执",称自己的朋友为"莫逆",用"肝胆相照""同舟共济""情同手足"等称朋友间感情之深。

真友人心

人生，有一幅风景，不可观看，不可触摸，但时时能感受到它温暖的气息。设置这一幅风景的是谁？是远方的朋友。

大千世界，芸芸众生，就因世间一种奇妙的缘分，安排了两个人相识、相处、相知，铸成一份永不泯灭的真诚，一缕时时刻刻的牵挂。

相守不一定亲密，相离不一定疏远。远隔千山万水的人，可能息息相通；近在眼前的人，可能形如陌路。

青山含笑，绿水含情。四季有冷有热，但友谊始终如夏天一样火辣炙热；四季花开花落，而友谊始终像春天一样绚丽温馨。

下雨的时候，朋友会为你撑一把雨伞；刮风的时候，朋友会为你遮一道屏障；艰难的时候，朋友会为你喊一声加油；彷徨的时候，朋友会为你捎一缕阳光；疲惫的时候，朋友会为你送一个春天；苦闷的时候，朋友会为你掬一捧清泉。在坎坷的旅途上，因为有了友人的慰藉,心头郁闷化作漫天彩云,脚步才迈得矫健轻盈……

有了心与心的交融,有了情与情的编织,平淡的生活才多了几丝我们追寻的亮色,平凡的世界才多了几处我们拥抱的美景。

漫漫人生路,真真友人心!

人生同行的旅伴

跋涉于莽莽苍苍的人生森林,需要一个同行的旅伴——朋友。

朋友是珍贵的财富,友谊的光芒能够照亮孤寂的心灵。

挽一份浓浓的友情。孤灯冷月的寂寞,是一种生命的情调;艰难险阻的挑战,是一次快乐的尝试。没有朋友的岁月,留给生活的只有苍白、孤寂、空虚和无奈。

朋友是一种奇妙的催化剂,把快乐与朋友共享,就可以收获两份快乐;将忧愁与朋友共同分担,便可以减去一半忧愁。

于是,为寻求千古赞誉的真情,为许下"有福共享,有难同当"的豪言壮语,多少人在苦苦追寻那一份最纯最真的情谊,留下"人生得一知己足矣"的感慨,只求失意时能得到些许真诚的回报。

友情需要缘分,所以才有"白首不相知"的遗憾,也才有

"倾盖如故"的美谈。但友情更需要真诚,只有将心换心,献出真诚,你才能赢得朋友,收获友情。

朋友，我们同行

岁月悠悠，往事悠悠。

来去匆匆，未来得及细看风景，我与你结伴只顾往前行。

走在同一条布满荆棘的小路上，纵然许多人说此路艰险，我们仍会前行。

蓦然回首，走过的路曲曲折折，两行脚印，一半是深，一半是浅。相视一笑，风雨中，我们依旧同行。默默无声中，留一刻空白，体味胸中的激情……

无意追寻自己的过去，也许落花的日子，并不都是风寒之时。朋友，别忘了，有我与你同行。

我要告诉你，心是自己的，梦是自己的，双脚也是自己的。走吧，走向自己的星空。

时光匆匆，朋友，我们同行……

爱情与人生

爱情是花,人生是土地,人人都在自己的土地上,培育着自己的爱情之花。人生是短暂的,所有人的人生都是有尽头的,只有爱意可以绵延不绝,世代流传,没有尽头。

传说中的爱情故事固然凄美,却难以复制。种种经典的爱情故事,如《梁山伯与祝英台》《孔雀东南飞》等,几乎尽人皆知,如镜花,似水月,人们只能远远观看,不能近瞧。

这些爱情故事任岁月冲刷也不会苍老,任后人评说也不会厌烦。

智者坦然地经营自己的爱情,从容走进围城,历久弥坚的爱情足以抵御围城内外的风风雨雨,走过人生的富贵与贫困、繁华与艰辛。

愚者往往把爱情当作改变人生的砝码。他们纠结爱情中的得失、觊觎婚姻里的财产。在他们眼里,爱情就是野心家的掘进器，就是政客向上攀升的阶梯，就是商贾交换的代价。

爱情点缀着人生，人生承载着爱情。有些人的人生之所以显得丰盈而华美，是因为他们虔诚于爱情，执着于爱情。有些人的人生之所以显得苍白而灰暗，是因为他们钻营爱情，对爱情别有用心。

人生的美不在于能否获得完美的爱情，而在于爱情如何点缀人生。人生只有一次，不能涂抹修改，不能死而复生。爱情可以重新再来，凋谢的花可以重开。

爱人者，皆有人爱，爱者的心越纯洁，爱情之花就会开得越鲜艳。而人一旦缺少爱情，人生便失去了一半的华彩。

人生不过百年，爱情各有精彩。

感谢父母之恩

有一种爱最伟大,有一种爱最崇高,有一种爱最纯洁,有一种爱最无私,这种爱就是父母对儿女的爱。

父母亲,有时他们的心像浩瀚的大海,宽广、深沉,容纳着儿女的欢乐和悲伤;有时他们的心像丝丝细雨,轻柔、细腻,蕴含着对儿女的脉脉深情;有时他们的心像悠悠的春风,和煦、清新,吹散了儿女心中的一切烦恼和忧愁。儿女有了欢笑,就是父母最开心的事;儿女有了痛苦,就是父母最牵挂的事。父母之爱,深如大海,重如大山。因此,不管父母是贫还是富,地位是高还是低,也不管知识水平如何,个人素质如何,父母是儿女最大的恩人,是永远值得儿女去爱的人。感恩吧,感谢父母的养育之恩。

感恩父母要从"心"开始,从现在开始,从小事做起。譬如:父母的生日、父母衣服的尺寸、父母穿的鞋的码数、父母喜欢的花卉、父母喜欢的水果、父母的兴趣爱好、父母喜欢的消费品，等等，知其心，顺其意，这就是孝顺。

然而，时下有些人为了外人的一些小恩小惠而感激涕零，而对父母的养育大恩则享受得理所当然，不思回报。我以为，一个懂得感恩父母的人，才能算是一个真正的人。我们要用一颗感恩的心去对待父母，用一颗真诚的心去与父母交流。父母把我们带到这个美丽的世界来，已经足够伟大了，又将我们培养成才，不求回报，默默地为我们付出，我们就别再一味地向他们索取了。感恩吧，感谢父母给予的一点一滴。

父母的爱，是浓郁的芬芳；儿女的感恩，是清雅的馨香。这个世界即使落红成泥，即使岁月老去，因为有爱，有感恩，尘世间的屋檐下，也依然会暗香浮动。

最是那一低头的温柔

女性最爱美。女性的外表美固然与"天生丽质"分不开，然而更重要的是姿态动作的美妙。天真活泼的少女，或者青春饱满的少妇，或者风韵犹存的中年妇女，她们的姿态动作往往具有不可思议的魅力。不论是一举步、一伸腰、一掠鬓，还是一转眼、一低头、一微笑，都蕴含着无限风情。就说一低头吧，虽然是一个小小的动作，却能把女性的温柔含蓄地展现在人的眼前。现代诗人徐志摩有一首脍炙人口的短诗《沙扬娜拉》，其中有两句是："最是那一低头的温柔，像一朵水莲花不胜凉风的娇羞……"确实，当一个少女对你迅速地一瞥，而后慢慢地低下头，捏弄衣角或发辫的时候，你能不感到那动作中的柔情，在轻轻地叩击你的心吗？

姿态动作的优美，是一个人内在精神、情操、知识、修养的外在表现。有的女青年相貌挺好，服装之类修饰打扮也不错，但看上去总令人觉得不顺眼。与此相反，有些女青年相貌平常，穿着也朴素，但因为懂规矩、有礼貌、讲文明，一举手一投足都显得从容优雅，有的还因此显得娴静、温顺和楚楚动人。

英国哲学家培根说："青年人的美是由于他们年轻。"但他们的美"像夏天的果子，容易烂，留不住"。他又认为："如果美的动作在于文雅这句话不错，那老年人比青年人往往美得多。"这句话闪耀着真理的光辉。别看有些老年人老态龙钟，但他们的动作却相当文雅而优美。这种优美是老骥伏枥的精神、老马识途的经验、老成持重的态度、老当益壮的干劲、老牛舐犊的慈爱在姿态动作上的表现。这种表现，又是一个人的一生，特别是青年时代自我学习、自我完善的结果。因此女青年只有不断地学习，不断地加强自我修养，才能使自己从内在到外在都变得优美，永葆青春之美妙。

巧笑倩兮，美目盼兮

《诗经·卫风》中有一首诗："……手如柔荑，肤如凝脂。领如蝤蛴，齿如瓠犀。螓首蛾眉。巧笑倩兮，美目盼兮。"

这首诗的前几句用嫩草、凝固的脂肪、蚕蛹等来比喻美人的手、皮肤、颈项等形体局部的美，使人对美人的形体美有感性的了解，这自然是不错的。但是，这还不能给人以生动而活泼的美感，因为呈现在人们眼前的是一幅静态美人图，不能给人以充分的美感享受。可是当人们读到最后一句时，感觉就全然不同了，美人多情的微笑在徐徐荡漾，水汪汪的眼睛在左顾右盼。美人的音容笑貌被写得惟妙惟肖、活灵活现，使得前面描写的五句也充满生气，活跃起来了。由此可见，动态美对于一个女性，特别是青春少女，是多么重要。

媚就是一种动态的美。所谓媚态，即指女子娇滴滴、羞怯怯、乐滋滋的动态。一首好诗在描绘美女形象时必然要化静为动,产生媚的效果,使美人活灵活现,呼之欲出。现实生活中的女性之所以活泼可爱,不也是这样吗?有的姑娘碰到有趣的事情,先是静静一笑,接着忍不住咯咯地笑出声来,笑得直不起腰,两手捂脸,前俯后仰,差点要跌倒在地上。这是通过笑的一连串动作,显示了姑娘的动态美。有的姑娘碰到不顺心的事情,眉毛撩起,眼睛睁得大大的,痴呆呆地望着,红唇微启,露出一排洁白的牙齿,下巴颏略微抬起,鼻翼轻轻地煽动,突起的胸脯一起一伏。这虽然是生气或难受时的动作,但把姑娘的青春气息充分流露出来,仍然显示了动态美。女性只有通过姿态动作,使身段和容貌活跃起来,美才能上升到媚的层次。

从事戏剧、舞蹈、体操等艺术活动的女性,特别重视形体动作的训练。通过这种训练,把形体的优势充分地显示出来,化静为动,化美为媚。她们在舞台上表演的时候,静如处子,动如脱兔,翩若惊鸿,矫若游龙,一招一式、一颦一笑,极尽女性的美妙。她们就是在日常生活中,一举一动也和一般女性不一样,显得特别自然、优雅、敏捷、从容,这无疑得益于形体动作训练。

当然,女性姿态动作美以女性内在的气质、性格、情绪为基础,没有这个基础,姿态动作只能是机械的,自然就失去了动态美。

腹有诗书气自华

大千世界，芸芸众生，女人与男人共同支撑着我们的世界。一个女人从稚嫩的孩童到无瑕的少女，从纯真的女孩到贤良的人妻，从风韵渐满的中年人到银发飞舞的老者，所有的容颜无不被烙上岁月的痕迹。

随着岁月的流逝，人都会变老，但是有些东西是不会老的。比如一个人的气质、一个人的韵味，这些东西不仅不会被岁月侵蚀，恰恰相反，像美酒一样，会因时间的推移越来越醇厚，越来越芳香。有很多人为了保持青春，使自己看上去年轻漂亮，花很多钱去保养。戴华美首饰，穿名牌服装，光顾美容院，打羊胎素，吃各种"长生不老药"。美容能不能美出一个人的气质？整容能不能整出一个人的韵味？这些东西不是花钱买的，是日久天长积累出的。古人曰"相由心生"。假如一个人心地不好，恶习不改，那任她做多少美容，都是没有用的。

心灵美是一个人最本质的美，因此美德修心最重要，人的修养不可少。作为一个女人，自我修养的途径很多，但我认为最重要的是读书，尤其是读文学类的书。文学是滋润女人心田的不可替代品，文学永远浸透了女人的灵魂。所有传统或现代的美德，如温柔、善良、隐忍、坚强、贤淑、自信等，都能在阅读文学作品中得到陶冶升华。女人的心灵被那些或奇美或悲凉或热情的文字深深地拨动与震撼，女人与那些故事中的人物一同欢喜或悲伤。

文学是美丽女人的必备养分。女人真正的魅力不单单是花容月貌，更是由内而外折射出的恬然与淡定、优雅和从容。古语说："腹有诗书气自华。"假如一个女人有书卷气，有温婉的气质、优雅的举止、脱俗的谈吐，甚至有幽默感，知书达理，善解人意，这样的女人具有的独特气质和韵味，会使人眼前一亮，让人从内心生出由衷的景仰。

追求是人生的太阳

追求是生命的雨露，因为追求，生命才变得亮丽夺目。没有追求的生命是干涸的生命。

追求是人生的太阳，因为有追求，人生才变得灿烂辉煌。没有追求的人生是黯淡的人生。

阿基米德、伽利略、牛顿、居里夫人、张衡、李四光等广为人知的科学家，之所以能取得成功，首先是因为他们都曾无数次地追求过。正因为他们的追求，人类才不断向前发展；正因为他们的追求，历史才一页比一页灿烂辉煌；也正因为追求，他们才展现出了自己生命的光彩。

追求也是一种品质，一种精神，一种痴情，一种抱负。

"举世皆浊我独清，众人皆醉我独醒"，是屈原对清高的追求；"烈火中永生"，是布鲁诺对真理的追求；"为中华之崛起而读书"，是周恩来对民族复兴的追求。历史已经证明：他们的这些追求都是伟大的、崇高的、不朽的。

　　人生的道路，总是那样曲折、坎坷，有时阳光灿烂，有时阴云满天，极少有人是一帆风顺的，我们常常会遇到这样或那样的困难，遭到这样或那样的挫折。有人在逆境中奋起，做出很多成绩，也有人没有勇气正视困难挫折，沉沦下去。然而，生活是位严肃的老人，他绝不会可怜懦夫。相反，他只欢迎那些执着追求的人，即使他们最终失败，老人也会说：他们是强者，因为他们都曾勇敢地追求过。

　　只有不懈追求，我们才不至于在现实中沉沦；只有不懈追求，我们才能展现生命的亮丽色彩。即使在岁月染白了青丝的时候，仍没有到达成功的彼岸，我们也会说：今生无悔。

梦想是一盏明灯

世界上最美妙的东西是什么？是七色的彩虹？是幽深的大海？还是无垠的天空？不，都不是，世界上最美妙的东西是梦想。梦想比彩虹更绚丽，比大海更深沉，比天空更广阔。

梦想如清风，在你迷茫时，吹醒你昏睡的大脑，将远航的船儿吹向成功的彼岸；梦想似烈火，在你无助时，给你无限的温暖，将智慧燃烧为成功的种子；梦想若甘露，在你绝望时，滋润你干燥的咽喉，将汗水汇集为成功的源泉。梦想是一把钥匙，用心把握，便可开启成功的大门；梦想是一盏明灯，用心点燃，便可照亮成功的大道。

在梦想明灯的照耀下，遭奇耻大辱，悲痛欲绝，曾想轻生的人，也能隐忍苟活，坚定志向，建功立业。西汉时司马迁继承父亲的遗志写作《史记》，但因替李陵抗击匈奴兵投降一事辩解，触怒了汉武帝，被治罪入狱，身受宫刑。他想到过自杀，但想得更多的是，著述《史记》的梦想未能实现，心有不甘。于是他用古代圣贤忍辱负重、发奋有为的精神鼓励自己，忍受耻辱，终于以坚忍不拔的毅力写出了上起黄帝、下至汉武帝，总括三千余年史事，共计一百三十篇、五十二万字的不朽巨著《史记》，这部著作被鲁迅誉为"史家之绝唱，无韵之《离骚》"。

在梦想烈火的温暖下，对未来生活失去信心、深陷绝望的残疾人，也能重获生机，追求目标，让人生更加精彩。第一届"中国达人秀"冠军刘伟，小时候因意外失去双臂，可他认为"要么赶紧死，要么精彩地活着"。怀着"活得精彩"的梦想，刘伟以顽强的毅力坚持不懈地苦练，终于练就了用脚弹钢琴的绝技。他用脚下飞舞的琴键，演绎出绕梁的乐曲，那是人生对梦想的礼赞！

当人们猛然间明白了自己追求的目标时，眼前便会豁然开朗，就像是在黑夜中迷了路，猛然抬头，发现在云层中显现出璀璨的星光，微弱却柔和，给人带来希望。

人生寡淡，以梦想调味；前路渺茫，用梦想导航；身陷困境，凭梦想突围。只要拥有梦想，定能找寻到属于自己的美好人生；只要坚持梦想，必能将自己平淡的生活变得精彩纷呈。

一寸光阴一寸金

世界上有一种最快而又最慢，最长而又最短，最平凡而又最珍贵，最容易被忽视而又最令人珍惜的东西，那就是时间。

千百年来，人们早已认识到了时间的宝贵，用"一寸光阴一寸金"这样的警句赞美它。其实，黄金哪里能比得上时间宝贵呢！黄金被人们当作财富，永久地保存起来，可是时间却如川流不息的江河里的水，昼夜不停地流逝。时间会褪去青春的色彩，会在美人的额上刻下深沟浅槽，即使天生丽质，也逃不过时间的褪色剂和雕刻刀。

人的一生都是在分分秒秒的时间里度过的。任何生命都要在时间中诞生，任何工作都要在时间中进行，任何才智都要在时间中显示，任何财富都要在时间中创造。时间就是生命和财富，时间就是知识和力量。

屠格涅夫曾说过："没有一种不幸可与失去时间相比。"可是有人对浪费时间无动于衷，总让光阴虚度。如果说浪费别人的时间是"谋财害命"，那么自己不珍惜时间就是"慢性自杀"。而最好的医院也无力挽救这些"慢性自杀"者。聪明的人是最不愿意浪费时间的人。合理安排时间，就等于节约时间。从每天都有二十四小时这点来说，时间是一个常数，它对于每个人都是公平的，但对于勤和懒两种不同的人来说，时间却是个变数。从某种意义上说，用"分"计时的人比用"时"计时的人，时间要多得多。他每年、每月、每天、每小时、每分钟都有自己特殊的任务。

据统计，19世纪，知识是五十年翻一番；20世纪中期，知识是十年翻一番；21世纪初期，知识是三年翻一番。因此，对于我们来说，尤其是青少年一代，只有以比以前提高几倍甚至几十倍的效率来学习，才不至于被时间所淘汰。否则，我们将会一事无成，更谈不上为振兴中华贡献力量了。所以，我们都要努力做一个珍惜时间的人。

文史纵横
WENSHI ZONGHENG

文史哲学

心中的一轮明月

在夜深人静的时候，抬头仰望晴空，一轮明月悬挂在天上，一任思绪翩飞，或恬淡安详，或愁肠百结，或思乡绵绵，或泪珠盈盈。亘古不变的月光，照着芸芸众生，照见人们的内心世界，而每个人的心中，都有一片明净的月光。

细数古代诗词百家，飘逸洒脱的是李白，豪情奔放的是苏轼，满怀忧愁的是李煜。虽然风格各异、寓意不同，但古往今来的诗词歌赋中，总是有当空的那轮明月。"我寄愁心与明月，随君直到夜郎西"，我想托付明月把我的愁心捎去，伴随着你奔赴那荒凉遥远的夜郎之西，这是李白因好友遭贬而抒发无限同情和关心之情的那一轮明月；"但愿人长久，千里共婵娟"，只希望人人永久平安，虽然远隔千里，也能共同享受这美好的月光，这是承载着苏轼对亲友的深切思念和美好祝愿的那一轮明月；"春花秋月何时了，往事知多少"，春花秋月何时才能到尽头？追思的往事，实在难以计数，这是抒发李煜亡国之痛和思念故国之情的那一轮明月。古代亲人之间或友人之间，往往通过当空的皓月来寄托情感，宣泄情绪，相互关心，彼此勉励。

看看夜空中这轮皎洁的明月，看看文人墨客写在纸上、画在画中、念在心里的这轮明月，不知能不能勾起你对往事的回忆。

"人生代代无穷已，江月年年望相似。""今人不见古时月，今月曾经照古人。"是啊，任凭唐、宋、元、明历史变迁，岁月匆匆而过，空中的明月还是这样一如既往，今古长存。

送你一轮明月，送你夜行照明的灯；送你一轮明月，送你月上嫦娥一舞；送你一轮明月，送你情思千千万万；送你一轮明月，送你真真切切的心。

风之情怀，风之神韵

古往今来，多少文人墨客写下了关于风的妙文佳句。他们或借风喻社会人生，或借风抒豪情壮志，或借风叹离愁别恨。

在风中，志得意满的刘邦曾放声高歌："大风起兮云飞扬，威加海内兮归故乡，安得猛士兮守四方。"大有"好风凭借力，送我上青云"的自豪之情。在他的眼里，风是威武雄壮的，有翻云覆雨之能耐。在风中，国破家亡的李煜曾悲声苦吟："小楼昨夜又东风，故国不堪回首月明中。"在他的眼中，东风也无力，东风也无情，故国仍在，朱颜尽改，满怀愁绪，尽诉风中。

"凉风乱飐芙蓉水，密雨斜侵薜荔墙"，在柳宗元看来，风是凶物，是那样疯狂，是那样残酷。"风萧萧兮易水寒，壮士一去兮不复还"，在荆轲看来，风也有情，风也知情，简直就是一位知己，为壮士一路送行。"明月别枝惊鹊，清风半夜鸣蝉"，在辛弃疾的笔下，风又像个尤物，使这位渴望建功立业的爱国志士注目乡村的夜景，享受田园生活的闲适和愉快。

从古人的诗句中，我们是否已感受到了风之情怀，风之神韵？我们是否已让风在心中播下诗意的种子？

我们在人生路上失意时，就读读"长风破浪会有时，直挂云帆济沧海"，给自己一份自信；我们对生活失望甚至绝望时，就吟诵"野火烧不尽，春风吹又生"，你会想到生命的顽强，点燃希望的明灯。

是因为诗中写了风，才使风有了诗情和诗意吗？不，我以为风本身就蕴含着许多诗情和诗意。思索风的诗意，体味风的诗情，会使我们获得意想不到的收获。

缓缓归矣

古语云："陌上花开，可缓缓归矣。"说的是古时的吴越王钱镠在杭州料理政事，一日走出宫门，却见凤凰山脚、西湖堤岸已是桃红柳绿，万紫千红，想到与回娘家省亲的戴妃已是多日不见，不免生出几分思念。但怜其孝顺贤良，不忍催促其归，却又抵挡不住内心的思念之情，于是修书一封，快马加鞭送去。正在欣赏春景的戴妃看了信后，不禁双颊绯红，即日返程。书信原只寥寥数语，殷切之情却力透纸背，缓缓归，你好好欣赏陌上的花团锦簇，不要着急回来啊！看似如此，其实是多么温柔的催促啊。

对于我们一般人来说，在又是一年芳草绿的时候，野外春花兀自绽放，一丛丛，一簇簇，五彩斑斓，绚丽多姿。此时，若是约女友到郊野踏青，可能会说："陌上花开，急急去矣。"

一个是急急去，期盼心切；一个是缓缓归，期盼绵柔。对于越王来说，他何尝不想戴妃快快归呢？但却说缓缓归。对于戴妃来说，无论如何，陌上花开，美景总是让人眷恋的啊。而戴妃却放弃了继续欣赏陌上花开的景致，觉得王爷年迈，既有信来，命我归去，安可有违？

所有美景都抵不上心中的春天，抵不上一句缓缓归的温柔催促。

我思念你，但我不催促你归来，不由得佩服古时越王内心的温柔，百转千回的婉转，也佩服戴妃的善解人意，陌上花开纵好，怎敌那温柔的催促？

遍翻古诗词，很多美丽的句子背后都有一个动人的故事，充满着古典的唯美和婉约。无论是长亭送别，还是鱼传尺素，无论是金风玉露，还是驿外断桥，都有着不可言说的美感。

桃花潭水深千尺

桃花潭又名玉镜潭、东园渡潭，在安徽省泾县西南四十公里处。这里林木葱茏，花卉芬馥，物象幽奇，潭倚悬崖，水色清澈，风景秀丽，"桃花流水窅然去，别有天地非人间"，堪称旅游胜地。

唐玄宗天宝十四年（公元755年），诗人李白游了泾县。该县桃花潭附近的名士汪伦写信给李白，欢迎他到家中做客。信上说："先生好游呼？此处有十里桃花；先生好饮呼？此处有万家酒店。"李白获信，欣然而至，汪伦热情款待，用桃花潭水酿成的美酒与李白同饮，并笑着告诉李白："桃花者，潭水名也，并非十里桃花；万家者，酒店主人姓万也，并非万家酒店。"李白听罢大笑，两人开怀畅饮，直至深夜。

汪伦留李白连住数日，陪李白游览了桃花潭及钓鱼台、彩虹岗、垒玉墩等名胜。临别时又送名马八匹，官锦十端。李白在东园古渡乘舟至陈村,登旱路去庐山,汪伦在古渡岸边楼阁上,设宴为李白饯行,村民拥立岸边,拍手而歌,踏脚为节,唱当地民间的《踏歌》相送。李白感谢汪伦和村民的盛情,即兴赋《赠汪伦》诗一首:"李白乘舟将欲行,忽闻岸上踏歌声。桃花潭水深千尺,不及汪伦送我情。"

　　李白这首诗流传千古,桃花潭也因此诗闻名于世。后人为纪念李白此行,在桃花潭畔建有踏歌台、桃花潭阁、文昌阁、酌海楼等。汪伦去世后,李白曾在桃花潭边立碑纪念,并书写了"史宦之墓汪伦也"刻在石碑上。此碑早已不见踪影,清光绪年间重建的石碑,也曾遗失,直至1979年才在附近的村子里找到。

　　桃花潭周围古树苍翠,崖壁峻峭,深潭清澈,山鸟喧鸣。现在这里的楼阁均修缮一新,供游人观光。

古代的午睡诗

午睡，是人们的一种生活习惯，尤其是在夏季。夏日午睡，本为调节精神的养生之道，清人李笠翁说过：夏日午睡，犹如饥之得食，渴之得饮，养生之计，未有善于此者。

古代最为著名的午睡诗，当推宋代人蔡确的《夏日登车盖亭》。北宋元祐年间，宰相蔡确被贬安州，在游玩当地名胜车盖亭时，写下了绝句十首，诽谤朝政。结果，蔡确因此被流放到岭南，并死在那里。虽然后人对这桩政治公案和蔡确本人评价不一，但那首《夏日登车盖亭》，却成为后人传诵的名篇："纸屏石枕竹方床，手倦抛书午梦长。睡起莞然成独笑，数声渔笛在沧浪。"诗人以书催眠，醒后不仅精神爽快，而且备感环境宜人。此诗凡读书人多有体会，堪称最雅致的午睡。

"饱食缓行新睡觉，一瓯新茗侍儿煎。脱巾斜倚绳床坐，风送水声来耳边。"这是诗人裴度的闲情。将睡未睡时，饮茗待息，耳边水声，权作催眠之曲，够自在了。陆游有诗道："相对蒲团睡味长，主人与客两相忘。须臾客去主人觉，一半西窗无夕阳。"主客对榻，你有事就去办，我闲暇即安卧，各尽其乐。"读书已觉眉棱重，就枕方欣骨节和。睡起不知天早晚，西窗残日已无多。"这首诗是诗僧释有规午睡的体会。一枕睡去，直到夕阳西下，无忧无虑，自在逍遥。然而诗中又流露出作者一丝淡淡的对尘世的不满。

最有情趣并能发人深思的，当数半山老人王安石的午睡诗："细书妨老读，长簟惬昏眼。依簟且一息，抛书还少年。"这首诗与其说是抒写午睡，不如说是由午睡悟道。一旦事业难成，尤其是权位顿失，难免有失落感。王诗所述，可以使这种心理获得平衡。

一日午睡后起来，我也有了兴致，拼凑了一首打油诗："昔日午休把扇摇，今朝高枕开空调。待到一觉醒来时，太阳已经偏西了。"

牧童遥指杏花村

唐代诗人杜牧以《清明》为题的一首诗:"清明时节雨纷纷,路上行人欲断魂。借问酒家何处有,牧童遥指杏花村。"这是传诵千余年、妇孺皆知的一首诗,可谓千古之绝唱。

杜牧所说的杏花村,究竟在哪里?晋人说在山西,皖人说在安徽,引起了一场官司。在诉讼过程中,史学家公示证据:清朝安徽池州名士郎遂,自1674年着手,用十一年时间撰修而成《杏花村志》,并被收录进《四库全书》。最后经人民法院裁决,确认杜牧《清明》诗中所指的杏花村,位于安徽省池州市西郊二里许。唐武宗会昌年间(公元844—846年),杜牧曾任池州刺史,其诗是诗人在池州期间所作。

杜牧游览杏花村时,杏花村纵横十里,绿树成荫,芳草飞蝶,鱼翔浅底。每当清明时节,和风吹拂,细雨纷纷,构成了一幅秀丽的"江南烟雨图"。

千余年来，杏花村饱经风霜，频遭战乱破坏。到了明朝，池州太史顾无镜，大修杏花村，使这个文化名村再现文坛，文人骚客纷至沓来，有诗云："杏花枝上著春风，十里烟村一色红。欲问当年沽酒处，竹篱西去小桥东。"

清朝中期，池州太守周疆，对杏花村做进一步修葺。此时，为纪念杜牧，村中建了"杜公祠"。祠中古井，为酒之源；祠后有湖，名为"杜湖"；祠西有山，登山鸟瞰，春风扑面，杏花怒放，此为杜牧"牧童遥指处"所在。

近年来，旅游兴起，杏花村的景色日新月异。现在杏花村已成为国家 AAAA 级旅游区，融人文、自然景观为一体，村中树木葱郁，杏花漫野，小桥流水，酒旗招展，空气中弥漫着花的芬芳、酒的芬芳、诗的芬芳。每当清明时节，文人墨客云集此处，步杜牧遗韵，吟诗作词，盛况空前。

古诗文中的秦王

秦始皇嬴政,我国第一个封建皇帝,历代诗人墨客对他褒贬不一。然而平心而论,他有功也有过。

大诗人李白,曾在《秦王扫六合》诗中,塑造了秦王的高大形象。"秦王扫六合,虎视何雄哉!挥剑决浮云,诸侯尽西来。明断自天启,大略驾群才。收兵铸金人,函谷正东开。"秦王对内镇压叛乱,任用贤才,扩充军队,发展生产,终于并吞六国,这是他的一大功绩。诗人对此大加颂扬,把他喻为猛虎,眈眈而视,极为英勇;描写他长剑一挥定夺天下,臣服诸侯,不愧是杰出的政治家。

贾谊在《过秦论》中也有同样的评述:秦国"及至始皇,奋六世之余烈,振长策而御宇内,吞二周而亡诸侯,履至尊而制六合,执敲扑而鞭笞天下,威振四海"。文中写了始皇的雄姿,秦国的威风。

可是，秦王称帝之后，虽做过不少有利社会发展的事，但也渐渐昏庸起来。

清代的罗聘在诗中说："焚书早种阿房火，收铁还留博浪椎。"焚书坑儒，收铁铸金，这是秦王统一六国后的两项措施，也为秦王朝的覆灭种下祸根。诗人提示了这一现实，由于"焚书"而招致"阿房火"，由于"收铁"而有"博浪椎"（张良在博浪用椎暗杀秦始皇）。百姓受尽压迫自然会起来反抗，秦王朝就是被揭竿而起的农民起义军动摇了国之基石，最后崩溃倒塌。

秦始皇为保万代帝业，不惜民财修筑长城。清代诗人崔念陵有诗："刘项生长长城里，枉用民膏筑万里。"修筑长城，劳民伤财，秦始皇却沉湎在歌舞之中，外患未来，内先起义，长城抵挡不了刘邦、项羽的进军咸阳，秦不就此亡于刘、项手下吗？

秦统一天下后，秦始皇睥睨一切，巡视四方，立碑铭志，再加上大兴土木，建造宫殿，穷奢极侈，这也是秦王朝灭亡的原因之一。李白有一首诗对此作了有力的斥责："铭功会稽岭，聘望琅琊台。刑徒七十万，起土骊山隈。"秦始皇后期，竟昏庸到采集"不老药"，妄想长生不老，执政万代。这是多么荒唐的事！

最终，秦始皇那帝业万世的梦想，只做了十几年就破灭了。

唐诗与梦

在文学作品中,以梦境来展示生活的例子很多。一部《红楼梦》就有大梦三十多个,小梦无数。

诗与梦似乎结合得更加紧密。可以说,自有诗以来,梦就常常融入诗的意境,诗就常常有梦的虚幻。

唐代的写梦诗,有的是直抒胸臆,表达对丑恶现实的憎恨,对权贵的反抗,对友人的关心和同情;有的则是委婉曲折,抒发亲人之间或友人之间的离愁别恨,以及男女爱恋的柔情。

唐代的诗人,入梦之诗特别多,入梦之诗也特别奇。李白与杜甫友谊深厚,亲如手足。李白流放时,杜甫十分担心他的命运。李白的形象闯进杜甫的梦境。"故人入我梦,明我长相忆。"杜甫在梦中一会儿看见李白在坎坷的道路上奔波,雾天瘴地,山险水恶,好像一个黑暗的网,笼罩着李白的影子;一会儿又看见李白驾着一叶扁舟,漂荡在狂风恶浪之中,舟好像翻了,那些毒龙怪蛇，向李白袭来。杜甫大叫一声，惊醒过来。

李白憎恶宫廷的生活，不愿与当权者合作，写了《梦游天姥吟留别》一诗。他以饱满的热情，迷人的色彩，刻画了天姥山壮丽的景象，奇特的风光。"半壁见海日，空中闻天鸡。千岩万转路不定，迷花倚石忽已暝……云青青兮欲雨，水澹澹兮生烟。"忽而他又驰骋想象，利用传说，融入神话，展示出更加动人的意境："霓为衣兮风为马，云之君兮纷纷而来下。虎鼓瑟兮鸾回车，仙之人兮列如麻。"这种景色不是人间所具有的，是天国的生活，是想象中的境界。诗人借助梦境来表达他对丑恶现实的憎恨，誓不"摧眉折腰事权贵"。

梦属幻境，柔性较多，似乎更适合表现缠绵的思绪和婉转的情感。唐代的闺怨诗很多，有不少是与梦境相连的。在这方面写得最好的，是金昌绪的《春怨》："打起黄莺儿，莫教枝上啼。啼时惊妾梦，不得到辽西。"关山千里，难以逾越，愁肠百折，以梦贯穿，细致委婉地刻画出少女的心曲。

古诗词中的荷花之美

荷花是我国人民喜爱的传统名花，也是最早在古诗词中出现的花草之一。早在《诗经》中就有"山有扶苏，隰有荷华"和"彼泽之陂，有蒲与荷"的诗句；《离骚》中也有"制芰荷以为衣兮，集芙蓉以为裳"的诗句。自此之后，几千年来荷花一直拨动着骚人墨客的心弦。

荷花在古诗词中名称颇多，如芙蓉、芙蕖、菡萏、水芝、泽芝、净友、六月春，等等。

荷花的姿容在古诗词中尽态极妍，其色泽丰富多彩，尤以红、白二色最引诗人瞩目。白居易的"素房含露玉冠鲜，绀叶摇风钿扇圆"，陆龟蒙的"素花多蒙别艳欺，此花端合在瑶池"，皮日休的"向日但疑酥滴水，含风浑讶雪生香"，写的是素然天质、洁白纯净的白莲；范成大的"凌波仙子静中芳，也带酣红学醉妆"，杨万里的"接天莲叶无穷碧，映日荷花别样红"，写的是浓妆艳抹、娇丽动人的红莲；也有将红白莲花摄入一幅画面的，如杨万里的"红白莲花开共塘，两般颜色一般香"。

　　荷花的香气从古诗词中溢出，如邹登龙的"采采荷花满袖香"，王之道的"藕花无数，高下斗芬芳"。最诱人的是温庭筠的《莲花》："绿塘摇滟接星津，轧轧兰桡入白蘋。应为洛神波上袜，至今莲蕊有香尘。"诗中把荷花比喻为女神留在水面的袜子，让人去猜想、品味其幽远的芳香，想象奇特，运笔高人一筹。

　　采莲，自有无穷的乐趣，也蕴含着不尽的情思。《汉乐府诗集·江南》描写了采莲："江南可采莲，莲叶何田田。"诗中莲之盛，采莲人之喜，洋溢在字里行间。所喜者何？少男少女调情求爱也。如果说此诗还是含蓄地表现这一点的话，那么请看沈野的一首毫无顾忌地流露火热恋情的诗："解道芙蓉胜妾容，故来江上采芙蓉。檀郎何事偏无赖，不看芙蓉却看侬！"

　　诗人特别爱咏并蒂莲，大约因其形象足以引发人们对忠贞不渝的爱情的向往。令人称绝的是郑谷的《合欢莲花》："虞舜南巡去不归，二妃相誓死江湄。空留万古香魂在，结作双葩合一枝。"诗中把并蒂莲说成是二妃化成，在已经十分美好的形象中，再注入神话传说的因素，为它披上了一层迷人的色彩。

　　古诗词中的荷花之美，甚至含寓着生活的哲理，如李商隐从荷花与荷叶长相映、齐盛衰的角度，落笔写出的诗句："世间花叶不相伦，花入金盆叶作尘。惟有绿荷红菡萏，卷舒开合任天真。此花此叶长相映，翠减红衰愁杀人。"

回眸一笑百媚生

在春风和煦、春花烂漫的季节，我游览了向往已久的古都西安。八百里秦川，名胜古迹太多，文化积淀太厚，导游带领我们乘车在饱经沧桑的黄土高坡上转悠，仿佛一会儿进入隋唐，一会儿又返回秦汉，可以说是走马观花，就像看电影一样，那些历史的碎片一幕幕地呈现在我的眼前。

让我最感兴趣的是骊山山麓的华清池，就是那"春寒赐浴华清池，温泉水滑洗凝脂"之处。

步入华清池，导游娓娓地讲述它曾经的辉煌，可我觉得它非常遥远缥缈，怎么也想象不出唐代帝王和妃子们在此游宴作乐的场面。水池中有一尊"浴女"的汉白玉雕像，她裸露的玉体半披玉纱，确是天生丽质，风情万种。导游说这是此处标志性的风景，是以杨玉环奉诏温泉宫为蓝本塑造的。由此我忽然想到梅兰芳先生演出《贵妃醉酒》的情影，总觉得眼前的"浴女"似曾相识,好像是依据现代人的审美情趣塑造的,远没有当年贵妃那妩媚的神韵。

华清池是杨玉环曾经洗浴的古浴池,实际上名叫海棠汤。现在,它早已干枯、斑驳、憔悴,覆盖着一些尘埃。但我见到它却怦然心动,像走进那"回眸一笑百媚生,六宫粉黛无颜色"的幽梦,走进白居易那扣人心弦的《长恨歌》的意境。

福兮祸所伏。安禄山叛乱的惊涛骇浪席卷而来,杨贵妃或许还沉浸在唐玄宗为她三十六岁生日举行盛大宴会的幸福云雾里,可命运却急转了一个大弯。阴云密布的马嵬坡前,她被爱得死去活来的心上人唐玄宗赐死,就这样结束了短暂的一生,芳龄仅三十八岁。从海棠汤到马嵬坡,这位美人儿从峰顶跌入了何其恐怖的深渊。

旅游回来之后,我又翻开《长恨歌》,反复阅读,思绪万千。我不知道"在天愿作比翼鸟,在地愿为连理枝"的爱情观,是诗人白居易帮悲剧主人公总结出来的,还是诗人自己的一种期盼。但我希望,早已作古的杨贵妃,永远保留着她"回眸一笑百媚生"那动人的美丽。

宋代的女人们

人们都说,唐代的女人们生活很时尚,而且社会地位较高,是古代王朝女人生活的黄金期。其实,宋代女人们的生活,一点也不亚于唐代。

"女为悦己者容",宋代女人们爱美爱得不得了。"插花野妇抱儿至,曳杖老翁扶背行。淋漓醉饱不知夜,裸股掣肘时欢争。"结婚生子后的女人,也不甘做黄脸婆,也要戴花示美做万人迷,甚至和男人们一起吃喝玩乐。宋代女人们的穿着打扮更是不甘落伍,甚至很性感。"花艳艳,玉英英。罗衣金缕明。闹蛾儿簇小蜻蜓。相呼看试灯。"女人打扮得花枝招展,相互邀约看灯去。谁说宋代的女人只有相夫教子的传统观念,没有自己的生活情趣?

宋代的女人们对爱情的追求也是比较大胆、开放和执着的。南宋著名的"断肠诗人"朱淑真写了一阕《清平乐》:"恼烟撩露,留我须臾住。携手藕花湖上路,一霎黄梅细雨。娇痴不怕人猜，和衣睡倒人怀。最是分携时候，归来懒傍妆台。"词中写的意思是，正当含烟带露的季节，来到湖上，不仅与自己的心上人"携手湖上路"，还不顾羞怯地倒向恋人的怀抱。一个女诗人敢于写出这样的词句，足见宋代女人追求爱情的大胆和开放。

　　说到宋代女人的大胆和开放，我们必然会想到著名的女词人李清照。这位生长在济南大明湖畔的女词人，在豆蔻年华之时，便写下艳词，"和羞走，倚门回首，却把青梅嗅"，真是哪个少女不怀春！小小年纪就已经知晓偷窥异性少年了。成年之后，李清照就更为大胆开放了，"常记溪亭日暮，沉醉不知归路。兴尽晚回舟，误入藕花深处。争渡！争渡！惊起一滩鸥鹭。"啊，不仅晚归，还喝酒喝得不醉不归，日子过得比历史上任何朝代的女人都洒脱多了。历朝历代，有多少女人能有如此闲情，常赏日落，划舟野渡，不醉不归的？

　　宋代女人虽然身在男权至上的封建时代，但在家庭中的地位也不是人们想象中的那样低。宋代著名诗人苏轼曾写一首《寄吴德仁兼简陈季常》："龙丘居士亦可怜，谈空说有夜不眠。忽闻河东狮子吼，拄杖落手心茫然。"说的是自己的好友陈季常常被苏轼找去唱和诗文，陈妻柳氏，性悍善妒，如果发现宴饮时有歌女在坐，柳氏就用棍棒击墙，大声叫嚷，以致陈季常见她便浑身发抖。于是，"河东狮吼"典故流传至今。

　　总而言之，宋代女人们不论在社会上，还是在家庭中，都是有一定地位的，她们追求时尚，追求爱情，追求美好的生活。

君故后谁可继任？

春秋时，国相管仲病危，齐桓公问："您之后群臣中谁可担任国相呢？"管仲说："没有比国君更了解臣下的。"齐桓公欲任鲍叔牙，鲍叔牙是管仲的挚友，且对他有举荐之恩。管仲诚恳地说："鲍叔牙是君子，但他善恶过于分明，见人之一恶，终身不忘，这样不可为政。"齐桓公问："易牙如何？"管仲答道："易牙杀死儿子来迎合国君，这种行为不近人情，这人不能任用。"齐桓公又问："开方如何？"管仲答道："开方弃父母来迎合国君，这种行为不近人情，这人不能接近。"齐桓公接着问："竖刁如何？"管仲回答说："竖刁阉割自己来迎合国君，这种行为不近人情，这人不能重用。"

齐桓公是一位颇有头脑的国君，但他一时糊涂，没有执行管仲的遗言。一开始他没有重用鲍叔牙，疏远了易牙三人，但没过多久，他又召回三人，委以国政，最后重病之际，被三人活活饿死。

无独有偶,汉高祖刘邦将死,吕后问人事安排:"萧国相死后,由谁来接替呢?"刘邦说:"曹参。"吕后又问:"曹参之后是谁呢?"刘邦说:"王陵可以接任,但王陵智谋不足,可由陈平辅佐。陈平虽有智谋,但不能决断大事。周勃虽不擅言谈,但为人忠厚,日后安定刘氏江山肯定是他,用他做太尉吧。"吕后又追问以后怎么办,刘邦有气无力地说:"以后的事你也不会知道了。"

吕后忠诚地执行了刘邦的遗言,她死后,正是周勃这位太尉诛杀了诸吕,印证了刘邦所说的"安刘必勃"。若吕后泉下有知,大概会后悔为啥不打点折扣执行刘邦的遗言。

《三国演义》中写道:诸葛亮将死,后主刘禅忙遣尚书李福来问后事。诸葛亮道:"吾死之后,可任大事者,蒋公琰(蒋琬)其宜也。"李福接着问:"公琰之后,谁可继之?"诸葛亮又说:"费文伟(费祎)可继之。"李福又问:"文伟之后,谁当继者?"诸葛亮没有答复,众将不解,急忙上前看他,他已闭上了眼睛,离开了人世。

这段所描述的事并不见于史册,可能是作者罗贯中的杜撰。其实,后主刘禅也十分忠实地执行了诸葛亮的遗言。他先后由蒋琬和费祎辅政,费祎死后,蜀汉离覆灭就只差十年的光阴了。

在史家和小说家的笔下,三位政治家都成了伟大的预言家,这和他们敏锐的洞察力是分不开的。后人是否执行他们的遗言,其结局是完全不同的。

陈宝箴劝说曾国藩

清代湖南巡抚陈宝箴，出身于书香门第，不仅才华出众，更怀有一颗忧国之心。在康有为、梁启超领导的维新变法时期，他是唯一一个支持变法的地方大员。

早年间，陈宝箴在曾国藩手下效力。当时管理安徽、江西、江苏三省军政事务的两江总督曾国藩与自己的下属江西巡抚沈葆桢发生了矛盾。起因是当时曾国藩的湘军正在全力镇压太平军起义，为筹措军饷，他要求江西从省财政中拨出一笔钱给湘军。然而，沈葆桢以江西也要镇压太平军为由上书朝廷，拒绝将钱给湘军，朝廷批准了沈葆桢的奏折。这让曾国藩大为恼火，认为沈葆桢是在拆自己的台。要知道当初沈葆桢的这个江西巡抚的位子，还是曾国藩极力向朝廷举荐的。

因为此事，曾国藩与沈葆桢闹得十分不愉快，不再来往，后来沈葆桢虽写信向曾国藩致歉，对方仍不加理睬。

陈宝箴知道这件事后，就打算为二人从中调解。他对曾国藩说：船在大海上航行遇到了大风，掌舵人与撑篙人、划桨人都相互指责叫骂，即使是父子兄弟也不相让。不久，大风停了，船安全地靠了岸，大家摆酒庆贺平安归来，互相慰劳，又像平时一样亲近欢喜。只是他们都是粗人，喜怒无常，在遇到大风时，一时不知所措，互相责骂，做得过分了。

曾国藩听完后，若有所思地回答说：船夫们互相责怪，是怕翻船，并无私心，既然船已经靠岸，什么事都没有发生，又何必再生气呢？听到这里，陈宝箴转入正题说：以往你与沈葆桢巡抚的不愉快，不过是纠缠于军费问题，你们都是怕太平军的侵扰威胁两江的稳定。如今两江已经击溃了太平军，安全无事了，为何你们之间的嫌隙不能消释呢？

曾国藩听完陈宝箴的这番话，若有所悟，于是主动放低身段，给沈葆桢写信示好。就这样，在陈宝箴的劝说下，清朝的这两个重臣最终冰释前嫌，重归于好。

白居易晚年的功德

人生如梦，匆匆就是百年。一个人活在世上，应该留下一点痕迹，哪怕是雪泥鸿爪也好。特别是老年时，如有余力，当思造福于后人，才不枉人生一世。

唐代大诗人白居易晚年退居洛阳。那时他身患中风，脚上又生疮，各种老年病相继袭来。他自知时日不多，但还想在有生之年干点实事，造福后人。

唐武宗会昌四年（公元844年）冬，七十三岁的白居易施家财与人协同开凿伊河龙门段的八节滩。为此，他写了《开龙门八节石滩诗二首》并序。他在序中说明了开石滩的缘由："龙门潭之南八节滩、九峭石，船筏过此，例反破伤。舟人楫师，推挽束缚；大寒之月，裸跣水中，饥冻有声，闻于终夜。予尝有愿，力及则救之。"正好僧人道遇与他同有此意，于是协同进行开凿，"贫道出力，仁者施财"，白居易为此写了两首诗题刻在石上。其第二首为:"七十三翁旦暮身,誓开险路作通津。夜舟过此无倾覆,朝胫从今免苦辛。十里叱滩变河汉,八寒阴狱化阳春。我身虽殁心长在,暗施慈悲与后人。"

白居易明知"七十三翁旦暮身",去世只是早晚的事,可是仍然"誓开险路作通津",下决心解决八节滩的水利和航行问题,使长滩变得如天上银河一样波平浪静,让"八寒阴狱"变成春意融融之地。

白居易晚年又老又病,末日在望,可是还散尽家财用于公益之事。他这样做,既不邀宠于上,又不沽名于世,更无利可图。他在多病的晚年仍疏财仗义的精神,确实难能可贵,值得称道。

北宋善待文人的国策

北宋开国皇帝宋太祖赵匡胤喜爱读书，常手不释卷，也十分爱惜人才。他登基以后，定下律条"不杀士大夫"，并勒石秘藏，嗣后即位的皇帝都要跪诵而执行。国策一出，文人非常拥护，忠君事主，报效朝廷。这样，便出现了思想活跃、言论通达、文化发展、经济繁荣、社会安定的政治局面。

有一次，宋太祖宴请群臣，翰林学士王著酒喝多了，在宴席上大声喧哗哭闹，有人上奏宋太祖，言王著借酒撒疯，实际上是思念旧主周世宗，应当严惩。宋太祖毫无责怪地说："他喝醉了，一个书生，哭哭旧主，出不了大事，让他去吧。"可见宋太祖善待文人的宽阔胸怀。

宋太宗赵光义即位后，在朝中设立"崇文院"，任命一批文人学者在"崇文院"担任官职，负责收集、整理和保管各种书籍文献。他还下旨招来文人李昉，让其组织文人学者编写百科全书式的大型工具书，历时七年，编写了一千多卷的《太平御览》。直到今天，这部书仍为文史学者的重要工具书之一。

宋神宗赵顼即位后，元丰二年（公元1079年），苏轼因"乌台诗案"被捕入狱，幸亏宋太祖定下的"不杀士大夫"国策，他只坐了一百零三天牢就出狱了，躲过一劫。宋哲宗赵煦即位后，苏轼就被召回朝廷，不久升任翰林学士。

北宋善待文人的国策为文化发展提供了宽松的政治环境，调动了广大文人创作的积极性，使文学艺术走向繁荣，无论是散文，还是诗词、艺术，都达到了鼎盛时期，涌现了一大批政治家、思想家、文学家和艺术家，如包拯、范仲淹、欧阳修、曾巩、司马光、王安石、柳永、苏洵、苏轼、苏辙、张择端等。在唐宋八大家中，北宋就占了六位，即欧阳修、曾巩、王安石和"三苏"，张择端笔下的《清明上河图》也成为稀世之宝，范仲淹的《岳阳楼记》中所抒发的"政通人和"的思想更是流传千古。

一个骑兵的平常心

宋太祖赵匡胤还在后周柴世宗手下为将时，有一次与敌军厮杀，战马突然中箭而死。赵匡胤跌落马下，敌军趁机围了上来。正在这时，赵匡胤手下的一个骑兵突然飞驰到他面前，跳下马来喊道："将军快上马！"情急之中，赵匡胤只匆匆看了那骑兵一眼，便跨上战马，与敌人拼杀起来……

战斗结束后，赵匡胤想找到救自己的那个骑兵，因为不知道他的名字，便传令全军询问，孰料没有人站出来承认。后来，赵匡胤做了皇帝，他感到自己大富大贵了，更不能忘掉恩人，就根据自己的记忆描绘出那人的模样，然后让人画了像在全国寻找，仍没有结果。赵匡胤想，可能那名骑兵已战死了。

过了几年，一天，有个人拿着画像来到皇宫前，对侍卫说："你就说是这个人要求觐见。"宋太祖听说恩人来了，急忙相见，虽然已过了十多年，但他立刻就认出来人，拉住他的手激动地说:"我找你许多年了,你怎么到现在才来找我?"

那人说:"我当年救你,是因为你是军中之帅,救你就是救全军啊!那次战斗之后,我因负伤回了家乡。我今天来找你,并非为自己而来。我的家乡这两年大旱,颗粒无收,而地方官吏又隐匿灾情不报,致使现在饿殍满野,惨不忍睹啊!小民实在坐不住了,希望陛下救救百姓吧!"

宋太祖听后,立即命人筹备赈灾之事,又下令赐给恩人黄金十万两,官位随意挑选。没想到那位骑兵却说:"若是为了当官和钱财,我早就来领赏了。我只想凭自己的本事生活,当一个普通的百姓。如果陛下恩准把赐我的黄金也一并作为赈济款,小民就感激不尽了!"宋太祖看实在无法把他留在朝中,就准备派他押运这批钱粮回去,可他却推辞道:"赈济之事,体现的是陛下爱民之心,我可不想让人误认为这是陛下在还当年的感情债啊!"最后,宋太祖没办法,就亲笔写了一张字条,递给他说:"如果你遇到了什么难处,只要拿这字条让地方官看一下,他就会帮助你的。"

许多年后,那骑兵在平静中死去,人们在他的遗物中发现了宋太祖的亲笔信。这个生前始终没有利用与赵匡胤的关系占丝毫便宜的人就是邢悚。

胡宗宪任县令时的

胡宗宪,安徽绩溪人,明朝嘉靖年间考中进士,由最初的县令,一直干到兵部尚书。

嘉靖二十六年(公元 1547 年),胡宗宪受朝廷委派,前往浙江余姚任知县。当时的余姚是个商品经济比较发达的地区,民事纠纷也相对繁琐,很多案件都是陈年积案。

胡宗宪到任后,对政务的轻重缓急条分缕析,对一些疑难案件的处理,颇令当事人折服,又加上那两年天公作美,风调雨顺,农业连年丰收,百姓安居乐业,社会稳定和谐。由于政绩优异,胡宗宪被朝廷提升为湖广道侍御史。这一消息传出后,余姚的老百姓不乐意了,他们纷纷拥向县衙,"封堵"胡宗宪,不让他离开,想通过这种方式来挽留胡知县。

这时,居然有人跪在县衙内,从胡宗宪的脚上将他的官靴脱下来。然后,拿着这只官靴跑出来,将官靴悬挂在县衙门口,让大伙儿都行动起来，以留住这位清官老爷。

当然，这只能表示百姓对胡宗宪的敬意。胡宗宪离开余姚后，当地百姓又捐资修建"去思碑"，表示对离任的胡知县的思念。

胡宗宪出任山东益都县令时，也颇得益都百姓的拥戴。任期快结束时，胡宗宪的母亲突然去世。他匆忙收拾行李，要回家奔丧。益都百姓知道胡县令任期将满，估计此番回乡之后，有可能被调往别处任职，因此纷纷上书挽留，奔走悲号，如失父母。胡宗宪临走时，益都百姓上万人持筐篚携送百里外，哭声震野。这么一大群人，跟在胡宗宪的身后，一边送一边哭，行程百里，哭声惊动远近，这种场面实在感人。

为了让这些百姓早点回去，胡宗宪几次中断行程，劝百姓回去，可这些乡民仍恋恋不舍地跟随着，从益都一直跟到黄河边。当时正值河水泛滥，胡宗宪再次停下来劝百姓回家，但乡民们执意不归。当胡宗宪到达绩溪故里时，居然还有五百多名益都百姓跟在身后。

宰相范尧夫的忠恕

程颐是宋代著名的哲学家，与其兄程颢同为宋代"理学"的奠基者。他的学说后来由朱熹继承发扬，成为"理学"中的正统。

有一天，程颐来到刚卸任宰相之职的范尧夫家中小坐。言谈中程颐很直接地说："你任宰相时，有许多地方做得不好，难道你现在不觉得惭愧吗？"范尧夫谦恭地说："请你指教。"

程颐又说道："你做宰相的第三年，吴中地区发生洪涝灾害，百姓们以草根树皮充饥，地方官报告多次，你却无动于衷，还是皇帝提出要你办理赈灾事宜，你才采取行动，太不应该了。"范尧夫连连谢罪。

后来，皇帝有事召见程颐，程颐大谈了一通治国安邦之策，皇帝听了赞叹不已，说："你大有当年范相之风。"

程颐对皇帝的称赞不以为然："范尧夫曾向皇帝进献许多忠

言良策吗?"

皇帝命人抬过来一个箱子,里边全是范尧夫当年的奏折。程颐打开观看,见他当初指责的那些事,范尧夫早已说过,只是由于某些原因,施行得不够好罢了。

程颐红了脸,第二天便登门给范尧夫道歉。范尧夫哈哈一笑:"不知者无罪,你不必道歉。"

由此事可见,范尧夫的确雅量非凡。难怪他虽然才气不如其父范仲淹,却能后来居上,官至宰相。

范尧夫曾自我总结:"吾生平所学,得忠恕二字,一生用之不尽。"什么是忠恕呢?他的解释是:"用苛求别人的心来要求自己,用宽恕自己的心来宽恕别人。"

曾在宿州的白居易

白居易祖籍山西太原，公元772年出生于郑州新郑。他所身处的中唐是一个多难的年代，从十多岁时，白居易就随母亲避居他乡。

唐建中三年（公元782年），郑州一带发生战乱，白居易随母迁至父亲白季庚的任职地徐州。未住多久，战事又起，白季庚便将白居易的母亲送到安徽符离（今宿州市符离集），安居在今宿州市以北老符离东北一公里处的濉水南畔东林草堂，另将白居易送到越中去避难。从此，白居易便开始了"关河千里别，风雪一身行"的漂泊生活。

在贫困的生活中，白居易更加思念自己的故乡与亲人。贞元三年（公元787年），白居易回到符离家中。此时的白居易已经写出不少可以传世的好诗，其中最有名的是五言律诗《赋得古原草送别》："离离原上草，一岁一枯荣。野火烧不尽，春风吹又生。远芳侵古道，晴翠接荒城。又送王孙去，萋萋满别情。"这首诗在"赋得体"中堪称绝唱，脍炙人口，流传至今。

贞元五年（公元789年），十八岁的白居易在父亲的鼓励下，希望通过自己的诗才被举荐而谋得一官半职。但是，希望最后落空。次年，重返符离家中的白居易学习作赋，刻苦读书。在符离家居几年的苦学，使白居易在学识文章上获得了长足的进步。

贞元八年（公元792年），白季庚调任襄阳别驾，白居易送母来到襄阳。两年后，白季庚病逝于襄阳官舍，这对其家庭和白居易个人的打击都极大。白居易在送母亲回到符离安顿好之后，贞元十四年（公元798年），南下饶州、宣州，投靠任饶州浮梁主簿的长兄白幼文和任宣州溧水县令的叔父白季康，以求继续读书，参加科举考试。

贞元十六年（公元800年），白居易在长安考中进士，旋即东归省亲，途经河南，恰逢战乱，加之饥荒，漕运受阻。感时伤怀，白居易遂作诗一首，诗中写道："时难年荒世业空，弟兄羁旅各西东。田园寥落干戈后，骨肉流离道路中。吊影分为千里雁，辞根散作九秋蓬。共看明月应垂泪，一夜乡心五处同。"在这里，白居易以绵柔真挚的情感勾勒出一幅五地望月共生乡愁的图景，创造出浑朴纯真的艺术境界。

南京静海寺的沧桑

位于南京下关狮子山下的静海寺濒临长江，始建于明代永乐九年（公元1411年）。

初建时的静海寺规模宏大，有大雄宝殿、天王殿、正佛殿、潮音阁等八十多楹，环之以钟楼、井亭、三里殿等建筑景观，占地面积达两万平方米。这里殿阁参天，重檐复宇，假山玲珑，清溪淙淙，古木交错，前有扬子江千帆凌波，后有狮子山万木含翠，号称"金陵律寺之冠"。

1405年，航海家三宝太监郑和奉明成祖朱棣之命，率领六七十艘大船组成的船队，七下西洋，出师海外，进行经济贸易和文化交流。这支庞大的船队"云帆高张，昼夜星驰"，穿过了马六甲海峡，横渡印度洋，到达非洲东部，访问了三十多个国家，第一次开通了中国到西亚、东非等国的国际航线。郑和首航西洋的时间比欧洲哥伦布远航美洲还早八十七年。郑和七下西洋总计航程在十万里以上,是我国也是世界航海史上的伟大创举,在历史上留下了浓墨重彩的一笔。

明成祖朱棣为表彰郑和等人远航海外的功勋,敕命在南京建造佛寺,赐额"静海",取四海平静之意。郑和晚年曾居住于此。

人们走过静海寺,无不为这里的宏伟建筑群而注目良久,也无不对这位三宝太监远航的壮举产生仰佩之情。

然而,当我国历史进入近代后,历史的风云在这里变幻,静海寺蒙受了奇耻大辱。1842年8月10日,英军在攻陷上海、江阴、镇江等地后,长驱直入,八十多艘军舰闯进了下关江面,大炮直指南京城。面对大军压境,清朝统治者急得像热锅上的蚂蚁,立即派钦差大臣耆英、伊里布日夜兼程,赶到南京屈辱求和,多次在静海寺与英军派出的头目进行妥协投降的议约活动。

8月24日,英侵华军总司令、驻华公使璞鼎查到静海寺,耆英等人不敢怠慢,用大轿把他接到寺前,鸣礼炮、奏乐,士兵夹道迎接。8月29日,在下关江面英军的"汉华丽"号军舰上,签订了割地赔款、丧权辱国的《中英南京条约》。条约签订后,英国人又要耆英、伊里布犒劳英军,耆英等人一概答应,在静海寺内杀猪宰羊,摆下酒宴,英军头目在寺内大吃大喝,清廷士兵还要为守护军舰的英军送去酒食,以示"慰劳"。静海寺从此成为中华民族遭受奇耻大辱的历史见证者。

在后来的岁月中,静海寺屡遭战乱,特别是1937年12月日军占领南京期间,破坏十分严重,许多建筑荡然无存。1986年,南京市决定复建静海寺,现已辟为《中英南京条约》史料陈列馆。

此"赤壁"非彼"赤壁"

历史上的赤壁之战,实有其事。这是汉末促成三国鼎立的关键性一仗,也是我国战争史上以少胜多、以弱胜强的战例之一。它在《资治通鉴》里有记载,在《三国志》中有详述,经过艺术加工的《三国演义》写得更惊险生动。

还有不少历代诗人赞叹过赤壁,留下了不少诗篇。苏东坡写的《念奴娇·赤壁怀古》就是其中之一。"大江东去,浪淘尽,千古风流人物。故垒西边,人道是,三国周郎赤壁。"词风豪迈。千古传诵的唐代大诗人李白写的《赤壁歌送别》,诗中"二龙争战决雌雄,赤壁楼船扫地空"也极有气势。这些诗都以赤壁为题,追忆了当年的赤壁之战,写了当年"雄姿英发"的周瑜。其实,史料记载的赤壁和诗人们所写的赤壁同名,却在两个不同的地方。

史料记载的火烧赤壁的古战场在现在的湖北省赤壁市境内。

元和县志记载:"赤壁山在今蒲圻县西八十里,一名石头关,北临大江,其北岸乌林,与赤壁相对,即周瑜用黄盖策焚曹操舟船败走处。"

而不少诗人咏叹过的赤壁,又名黄州赤壁,在现在湖北省黄冈市境内。因山岩陡峭,屹立如壁,且色呈赭赤,故名赤壁。它与武昌西山、樊山遥遥相对,山下的长江浩荡奔流,波涛连天。由于苏东坡在此写成著名的《念奴娇·赤壁怀古》,所以人们为了区别于蒲圻赤壁,把它称为"东坡赤壁"。其实,两个赤壁直线距离约二百公里。

此"赤壁"非彼"赤壁",是诗人有误吗?不是的,而是由此及彼,是联想的火花燃起诗人的豪情,怀古咏叹,也可说是借题发挥吧!

风景如画
FENGJING RUHUA

壮观的钱塘江潮

浙江钱塘江潮为天文大潮,发生在钱塘江向杭州湾入海的河口处。钱塘江潮来势迅猛,潮头极高。虽然英国的泰晤士河、法国的塞纳河、孟加拉国的恒河、巴西的亚马孙河,这些河口都有涌潮的发生,但是它们都没有钱塘江潮那么雄伟壮观。因此,钱塘江潮自古以来就以"天排云阵千雷震,地卷银山万马腾"的胜景,被誉为"天下奇观"。

钱塘江潮之优美壮观,以海宁潮为最。每年农历八月十八日观潮节前后,国内外数十万观潮者,潮水般地涌向海宁,沿江的海塘上车水马龙,大家都争睹这"天下奇观"。

海宁观潮由来已久。早在南宋时,就把农历八月十八日这一天定为"潮神生日",并在钱塘江上检阅水师,使观潮与观看军事演习相结合。后来每逢农历八月十八日,人们便自行汇集到海宁盐官镇观潮,年复一年,久盛不衰。

古往今来，有很多文人墨客写下了描绘钱塘潮的气势磅礴的诗章。李白有"浙江八月何如此，涛此连山喷雪来"，杜甫有"天地黯惨忽异色，波涛万顷堆琉璃"，苏东坡有"八月十八潮，壮观天下无"，刘禹锡有"八月涛声吼地来，头高数丈触山回"的诗句。此外，孟浩然、白居易、陆游、郑板桥等人也都留有观潮抒怀之作。

钱塘大潮来时，由远及近。初时但见远处天边一条素练缓缓而来，伴着隆隆的声响，素练逐渐临近，顷刻间变成了高耸的水墙。这时，观潮的人们首先可以看到从东面咆哮奔来的另一支潮头，翻滚在已到的潮头上面，形成滔天巨浪。紧接着，东面先到的潮头在前面遇到岸壁反弹回来，形成一个更为迅猛的回头潮，三支潮头砰然相击，顿时腾起十余米高的冲天水柱，排山倒海，雷霆万钧，涛声震耳，气势磅礴，令人叹为观止。

若是在夜晚，人们还可观看"月中齐鸣半夜潮"的景象。当月色如洗，江潮忽来时，江面陡寒，水汽氤氲，天地变色，潮声轰鸣，惊涛裂岸，也别有一番绝妙的乐趣。

其实，钱塘江每日都有昼夜两潮。农历初一至初五、十五至二十，都是大潮日。一年有一百二十天的观潮佳日，只是八月十八日潮最盛而已。为促进旅游业的发展，数十处以钱塘江潮为载体的重点文物古迹得到修葺和保护，其中包括海神庙、御碑亭、汉白玉牌坊、占鳌塔、镇海铁牛、中山亭、小普陀寺、鱼鳞石塘等。人们来到这里观潮，总能感受到积淀深厚的观潮历史文化。

人间仙境蓬莱

蓬莱位于山东半岛的东北部，地势险要，是我国最早的海军基地之一。明代的民族英雄戚继光曾在蓬莱的水城操练水师，抗击倭寇，威震海疆。

蓬莱的自然风光很有特色，偎山抱海，气势磅礴，烟波浩渺，偶见海市奇景，素以"蓬莱仙境"闻名于世。

在蓬莱城内，最引人注目的是城东北丹崖山上的蓬莱阁。蓬莱阁坐落在下临大海的千仞赤崖上，高大的宫阙凌空拔起，云霭缭绕，巍然而立。据说宋朝嘉祐年间，郡守朱处约看这里山势高峻，风景优美，就把原有的海神庙移到一侧，在山崖处兴建了殿阁，以后历代官员又在阁的周围增筑了观澜亭、避风亭、卧碑亭、苏公祠、澄碧轩、吕祖殿、天后宫等，形成一个庞大的古代建筑群。整个建筑由东、中、西三部分组成，好像舒翼腾跃在崖顶的雄鹰，面对洪波涌起的茫茫大海昂首长鸣。

蓬莱阁自古为文人学士雅集之地，至今藏有他们观海述景题刻二百余石，翰墨流芳，更为海天增色。石刻上的书法各具特色。宋朝的著名诗人苏东坡曾登蓬莱阁，留下《海市诗》《观海二首》《游珠玑崖》等手迹，是阁上石刻中艺术价值最高的珍品。

据说常年居住在蓬莱的人，有时可以看到远处的海面上突然浮现出地面的物象，有楼阁、亭台、树木、车马、人群等。这种海上奇景，被称为"海市蜃楼"。古代人们对这样的神奇现象感到迷惑，他们根据主观的想象，以为那里是神仙居住的地方，从而创造并流传了许多美妙动人的神话故事。如流传甚广的"八仙过海"，有人说就发生在这里。

蓬莱的海山还隐藏着很多幽玄之处。在蓬莱阁后，有一深洞，洞口巨石横卧，形如狮子。每当下雨之前或空气湿度较大时，洞内便飘出阵阵云雾，因此被称为"狮洞烟云"。蓬莱阁后崖下砾石滩上，由于海浪长年累月雕凿细磨，使这里粒粒细石溜光滚圆，遍布海滩，恰如"万斛玑珠"。城东外三十里，还有一漏天岩，飞岩下覆，有无数细孔，滴水不断。岩下海中，有天然石井，投入石子，会发出像铜器碰击的清脆声响，尤其明月当空，映入井中，金波荡漾，景色更为幽雅，被称之为"铜井金波"。

蓬莱处处有胜景，很早就被誉为人间仙境。登上蓬莱阁，扶栏四顾，不仅可鸟瞰蓬莱全城，且可看到海上长鲸似的长山列岛。这里青山琼楼衬于海天，人立其间，大有"伸手摘云，挥手弄潮"之势，此刻，连自己也仿佛飘然成仙了。

天下奇秀雁荡山

浙江省东部有三座雁荡山,即北雁荡山、中雁荡山和南雁荡山,并称为"东瓯三雁",其中尤以北雁荡山最为著名。通常说的雁荡山,就是指的北雁荡山。

北雁荡山位于浙江乐清县东北部,其主峰之一雁湖冈,海拔一千零四十六米。雁湖冈顶有湖,芦苇丛生,结草成荡,秋雁常来栖宿,因而得名为"雁荡"。

雁荡山层峦叠嶂,起伏连绵,绮丽奇特,巍峨出众,既有泰山之雄伟、黄山之挺秀,又不失庐山的飞瀑、峨眉的烟云,故宋代的科学家沈括在《梦溪笔谈》中称之为"天下奇秀"。

雁荡风光,贵在天然,尤以峰、石、洞、瀑著称。座座奇峰拔地而起,高耸入云,千姿百态,气势磅礴。同一座山峰,横看侧望,移步换形,变化无穷。以号称"雁荡风景三绝"的灵峰来说,如果站在灵峰寺右侧观看,只见灵峰和其右边的依天峰紧紧相依，好像两手合掌，故称"合掌峰"，夜晚走到灵峰寺东南角再看，"合掌峰"变成了一对互相依偎的青年男女，故又称"夫妻峰"。倘若走到灵峰寺西南角仰望，"夫妻峰"则形如一对丰满的乳房。

雁荡山群峰之中还遍布巨石。在与灵峰并列为"雁荡风景三绝"的灵岩风景区，奇石星罗棋布。人们根据这些岩石的不同形状，发挥了丰富的想象力，将其命名为老僧拜塔、金乌玉兔、朝天鲤鱼、听诗老叟、虎鹿相斗、灵猫捕鼠等，均形象逼真，富有诗意。

雁荡山的瀑布有十几处，其中最大的瀑布就是名闻海内的大龙湫。它和灵峰、灵岩一起，被誉为"雁荡风景三绝"。瀑布从高约一百九十米的连云峰凌空而下，仿佛九天银河飞泻，气势非凡。清代袁枚为此写了一首长诗，诗中形象地写道："龙湫山高势绝天，一线瀑走兜罗绵。五丈以上尚是水，十丈以下全以烟。况复百丈至千丈，水云烟雾难分焉。"

雁荡山名胜，俯仰皆是。近年来，随着旅游事业的发展，到雁荡山旅游观光的人越来越多。古人曾说："欲写龙湫难下笔，不游雁荡是虚生。"此话看来夸张，但凡是到过雁荡山的人，都深深感到此言非虚，这句话也自然而然地成了雁荡美景最好的宣传语。

蔚然深秀琅琊山

琅琊山位于安徽省滁州市西南五公里处,总面积约四十平方公里,供游览的主景区约八平方公里。宋代文学家欧阳修在《醉翁亭记》中称:"环滁皆山也。其西南诸峰,林壑尤美,望之蔚然而深秀者,琅琊也。"即指此山。

琅琊山,群山起伏,沟谷纵横,海拔虽然不高,但十分险峻。山峰耸然而特立,幽谷窈然而深藏,满山遍野林木葱茏,景色淡然而俊秀,素有"蓬莱之后别无山"的美誉。

琅琊山不仅以其优美的自然景观为游人所喜爱,更以其丰富的人文景观著称于世。唐宋著名人士李幼卿、韦应物、李德裕、欧阳修、辛弃疾等人,相继在滁州任职。他们开发山川,造寺造亭,除留下名胜古迹外,也留下了名篇佳句。特别是北宋文坛巨子欧阳修,在任滁州太守时,写下的《醉翁亭记》和《丰乐亭记》两篇散文,以清新隽永的笔调描写了琅琊山的风貌人物,抒发了作者谪官滁州后的坦荡情怀，乃写景抒情的不朽名篇。文学家苏轼又手书"两记"，铭刻山上，欧文苏字，真乃二绝。

琅琊山有山有水，有亭有泉，有园林有古寺，山清秀，水清透，亭翼然，泉有声，园野香，寺清净，创造出一个空灵悠远、意味深长的境界，给人说不尽的美好感觉。

琅琊四时之景皆不同，秋天的琅琊山层次更丰富，景色更美丽。绵延的古道连接着琅琊好景，一座山因欧阳修而闻名天下，又因遍山的风雅小亭而名传千古，醉翁亭、意在亭、影香亭、丰乐亭，亭亭奇趣，其中又以醉翁亭最为有名。你还可以在深秀湖的湖心观飞檐。乘竹筏泛于湖上，遥望层林掩映着的湖光山色，穿过九曲桥，体验桥外又一景的精彩。琅琊古寺始建于唐代，大雄宝殿内有很多大佛，神态各异，栩栩如生。殿中梁柱、檐口雕龙刻花，工艺精细。殿北侧有明月观，观内有明月池，泉水清澈如镜，池上有明月桥，拱若弯月，是观天上、池中明月两相辉映的佳处。这里钟声袅袅，人影点点，香火缭绕，将古寺的幽静和秋的高远结合在一起，奇妙壮丽。在野芳园里，你可以看到江南园林景致，另有配套的亭台楼阁，小桥假山，曲径通幽，琅琊山的名人墨宝又为园林增添了诸多人文之气。

琅琊山，名山与名人、名文、名寺、名亭、名泉、名碑、名园融为一体，山水都活了起来，是我国文化名山之一，更是登高赏秋的黄金旅游地。

美哉！张家界

一走进张家界景区，万山忽然拔地而起，宛如一道千姿百态的石屏风，矗立在你的眼前，令人叹为观止。在五彩缤纷的画廊里，不用爬山，只需悠悠地走着，尽情欣赏眼前的美景。

金鞭溪远远地从山林中流来，时而在山石间急急奔流，时而舔着崖壁静静地淌，时而冲出一个旋涡，飞转几圈，然后又向前冲去。溪两旁的高山，或如攥拳击天，或如狂魔出世，或如斜塔劲削，或如碉堡雄峙，吸天地之灵气，显宇宙之神奇。层层叠叠，浓浓淡淡，深深浅浅，高大而险峻，需仰视才可见顶峰。山峦之中，千丈绝壁上挂满了青松古藤，那龙爪样的虬枝仿佛一件件天然奇巧的盆景。一丛丛野竹在山脚下扭着轻巧的腰肢，款款而舞。一枝枝蓝莹莹、黄灿灿的花儿开得正欢；一只只蓝色、黄色的蜻蜓在花丛中戏耍，真分不清哪是蜻蜓，哪是野花，只是一片五彩斑斓。艳阳从对面的山缝中透过一丝一缕的霞光，于是峻峭的峰顶被镶上了金边。

　　走在山谷间的青石板路上，伴着鸟儿的啾啾声和虫子的唧唧声，采一枝山花插在帽檐，捉一只蜻蜓任它歇在肩上，不时低头听小溪流水潺潺，又抬头看山间云雾缭绕。好一份幽雅，好一份宁静，好一份闲情，仿佛进入了童话世界。难怪有人说："人游山峡里，宛在画图中。"

　　纵目望去，那高高低低的峰峦忽而挨挨挤挤，忽而遥遥相望，分而又合，合而又分。走着走着，便见"千里相会"的景观。两座如人形而立的山依偎在一起，犹如一对朝思暮想的人儿终于相会了，他们高兴地紧紧拥抱着，如诗如梦，如痴如醉，爱得如此痛快。

　　再往前行，眼前赫然耸立起一座柱形山峰，腰缠绿，头顶翠，青衣侠士般岿然傲立，侧望似长鞭。近处又有一座山峰，像威风凛凛、栩栩如生的苍鹰一样，忠实地守护在长鞭旁，好个"神鹰护鞭"。大自然的造化竟如此美妙绝伦。

　　眼前的山粗犷而冷峻，令人感到一种刚正不阿的质朴美，似一幅凝重的画，如一首深邃的诗，若一个清新的故事。如今，我已归来，却仍时时咀嚼它的意味。令我梦魂萦绕的张家界，美哉！奇哉！

宁静的泸沽湖

泸沽湖位于四川省盐县与云南省宁蒗县交界处，是一座高原上的湖泊，面积不足五十平方公里，并不算大，但非常深。湖周围青山环抱，湖水透明洁净，湖中有三个小岛，湖湾曲折，碧波荡漾，蓝天白云倒映水中，是一方充满温馨神秘和浪漫色彩的净土。

冬天的泸沽湖游人较少，我们一行四人，乘坐摩梭人用整段树凿空制成的舟，缓慢地行进于湖面的水草之中，虽有几分寒意，但空气十分清新。一只只白色的海鸥，展开双翅，贴着水面滑翔而来，临近小船，又扇动双翅上升，盘旋飞翔。这是天堂派来的友好使者，是演奏泸沽湖华彩乐章的精灵。

我们惊喜万分，没想到在这里能遇见这么多长途跋涉来越冬的候鸟，它们十分乐意与人亲近。我们拿出小饼干，随手抛向空中，海鸥们腾地一下群起而飞，冲过来用嘴在空中衔住了食物。

更有身怀绝技者是在食物快落入水中的千钧一发之际，才俯冲下来抓住了食物。

小船渐渐向湖心划去，抬头一看，雄伟的格拉姆女神山（俗称狮子山）雄踞于泸沽湖的正北方，山顶海拔三千多米，大有拔地而起之势。就在这时，远处的湖边，黑压压地涌起一片"乌云"，铺天盖地地向湖中扩散开来。原来，那是一大群野鸭子。野鸭群眼看由远及近飞来，但是没有一只出现在小船的周围，而是转瞬落在湖里的水草之中。

海鸥却永不疲倦地飞翔、游弋，没有离去之意。在高原的强烈阳光之下，湖水湛蓝，白色的海鸥浮在水面上，就像一朵朵洁白的荷花，守护着泸沽湖的安详和宁静。它们在抢夺食物时唱起兴奋的歌，在水面上反射出清脆的回声，传到高远的天空中。

泸沽湖周围居住的主要是摩梭人，他们至今还保留母系氏族社会遗风，沿袭着一种"走婚"习俗。成年男女建立亲密的情侣关系之后，男子夜间到女子家里同居，次日黎明前返回，生产生活仍各在其家。女人是家庭之主，子女从母姓，随母而居，血缘按母系计算。这种迄今还存在的"母系家庭"及"走婚"遗俗，被有关学者称为"人类婚姻的活化石"。

世世代代生活在泸沽湖畔的摩梭人，在泸沽湖这个生态大舞台上，高唱着一首人与自然的和谐之歌。

远方的客人请你留下来

"路旁的花儿正在开，树上的果儿等人摘……"一曲优美的彝族民歌，将我们带进了石林。

石林位于云南省路南彝族自治县。这里群峰壁立，千幢叠翠，奇峰危石，千姿百态。一根根巨大的石峰、石柱拔地而起，直刺青天，远望犹如一片莽莽森林，蔚然壮观。

来到剑峰池，我们陶醉在迷人的景色中。一泓碧水，像明镜镶嵌在奇峰异石之间，池水蜿蜒流淌于岩石缝中，水上小桥相连，凭栏望，一座石峰兀立水中，仿佛一柄利剑插入云天。

正当我们惊叹这出神入化的自然风光时，突然一阵悠扬的歌声从不远处响起："马铃儿响来哟玉鸟儿唱，我跟阿黑哥回家乡。"寻着歌声，我们不由自主地向前赶去，沿石阶而下，曲径通幽，峰回路转，来到一座石洞时，一群游客已经散去，那个唱歌的姑娘也不见了踪影。我们不由得感到遗憾。

为我们导游的彝族姑娘似乎猜中了我们的心思，莞尔一笑说："你们别急，在石林，我们所有的姑娘都会唱阿诗玛的歌。"我们邀请姑娘唱一段，姑娘说："待会儿看到阿诗玛的时候，我会给你们唱的。"

在姑娘的带领下，我们参观了石林的所有景点。莲花峰造型逼真，气势雄伟，仿佛一朵硕大无比的石莲，亭亭玉立在群峰众石之间。凤凰灵仪、孔雀梳翅、象踞食台、双鸟度食这些天然趣成的自然景观，均惟妙惟肖，栩栩如生，妙趣横生，令人叹为观止。走出石林，我们已有几分倦意，有人嚷嚷着要休息。姑娘冲我们神秘一笑："你们不是要我找阿诗玛吗？看，前面就是阿诗玛！"

一听阿诗玛，我们浑身来了劲。绕过一方草坪，又是一处石林。还没走几步，一柱石峰挺立面前，一潭碧水，波光潋滟，倒映着石峰的倩影。石峰硕大高挑，风姿绰约，背后拱一小峰，宛如一位身背背篓的少女，亭亭玉立，楚楚动人。姑娘告诉我们，这就是阿诗玛石峰。相传，很久很久以前，彝族撒尼姑娘阿诗玛，为了反抗富人热布巴拉的逼婚，与阿黑一起和热布巴拉进行斗争，历尽千辛万苦，终于逃出虎穴。然而，当二人来到石林时，热布巴拉勾结崖神掀起滔滔洪水，将美丽善良的阿诗玛淹死在这里。后来，阿诗玛就变成这尊巨大的石峰。说着说着，姑娘黯然神伤，情不自禁地唱起那首我们久久期待的歌曲："马铃儿响来哟玉鸟儿唱，我跟阿黑哥回家乡。"

走出石林的时候，大伙儿的心头是沉重的，望着彝族姑娘美丽的笑脸,望着彝族姑娘柔情似水的目光,我们确实有一种依依不舍的感觉。彝族姑娘一边不停地向我们挥手告别,一边放开歌喉唱起来:"路旁的花儿正在开,树上的果儿等人摘。塞洛塞洛塞洛里唉个唉,远方的客人请你留下来。"

潇潇春雨洒漓江

桂林山水之美，久负盛名。游桂林，必游漓江。

漓江两岸风光旖旎，犹如一幅绮丽多彩的画卷，人称"百里漓江，百里画廊"。过了桂林之后，漓江曲折回环，江面的景色，变化多端。时而滩浅流急，如万马奔腾，时而清澈平缓，游鱼历历可数，江中积石渚洲时时可见。两岸奇峰拔地而起，杂以各色各样的怪石飞瀑、竹木房舍，前遮后拦，争立左右，千姿百态，连绵不断。在水平如镜的江面上，峰峦的倒影纤毫毕现，使人真幻莫辨，如入仙乡梦境。

都说夜上海、雾重庆、秋北京、雨桂林是中国城市的四绝。

令人兴奋的是，我们游漓江的时候，恰好遇到潇潇春雨洒漓江这样迷人的景色。

雨一直下着，两岸的山峦、翠竹越发地清秀、碧绿，一艘艘游船满载着游客游弋在漓江上，雨水飘洒在江面，扑打着船舱，雨水在空蒙中显得那么柔情似水，那么撩人，那么有魅力。

遥望两岸，那雨从天际洒落到石峰上，又从石缝中淌出，形成或大或小的瀑布，条条白练高低错落，长短不一，发出阵阵层次分明、有节奏的轰鸣声。静坐在船舱里，透过船两侧的玻璃窗呈现在你眼前的，除了那奔腾不息的漓江春水外，更令人叫绝的是那远远近近的层层群峰。迷蒙的春雨笼罩着群峰，烟雾缭绕，如轻纱，似蝉翼，随风飘逸，变幻无穷。

烟雨漓江上，一叶排筏贴近游船，身穿雨衣的船民熟练地甩出一柄铁钩，转眼间，就将游船牢牢钩住，冒着风雨向船上的游客兜售商品，有紫色的水晶般的工艺品，也有用竹木雕刻的小玩具。江水波涛汹涌，售货的船民全然不顾，取货、兜售，行走自如，如履平地，一会儿就将货物卖完了。他们从容地脱去挂钩，离弦箭般地远去，瞬间便无踪影了。

蜿蜒的漓江，奇特的山峰，和着潇潇的春雨，使人想起唐代诗人韩愈赞美这条如诗如画的漓江的诗句："江作青罗带，山如碧玉簪。"

绿色仙境天目湖

天目湖素享"江南明珠""绿色仙境"的美誉。她位于江苏省溧阳市境内，东临太湖，南连天目山脉，是集太湖碧波万顷之势、西子湖浓妆淡抹之美、千岛湖环拱珠联之局于一身的旅游胜地。

进入天目湖旅游度假区，首先映入眼帘的是湖里山景区。这里三面环水，一面接陆，是一座伸向湖中的半岛。湖里山最著名的建筑当数状元阁了，楼阁高二十二米，共分三层，与普通四方楼堂不同的是它共有二十四角，每层八角，凌空飞翘。登上楼阁眺望，可将天目湖的湖光山色尽收眼底。

天目湖面积达三百平方公里，由高空俯瞰，犹如丽人的双眸，故名"天目湖"。天目湖以"三绝"闻名于世：水甜、茶香、鱼头鲜。其中的鱼头鲜——砂锅鱼头，不可不尝。这道菜肴是用天目湖的鱼、天目湖的水制作而成，鲜而不腥，肥而不腻，汤汁乳白，原汁原味。

据说当年姜太公吕望完成兴周伐纣的重任后就退隐山林，曾经到此垂钓。此山的山腰有一块五平方米大小的山石，上面就有姜太公当年垂钓时留下的鞋印、臀印和鱼篓印。

天目湖乡村田园岛，因为在这个岛上放养了一百多只活泼可爱、机敏好动的小猕猴，所以又称猴岛。此岛对面有一座圆形小岛叫绣球岛，连接两岛的唯一通道是逍遥桥，走过逍遥桥，可欣赏到世界上最大的紫砂提梁壶。壶高三点五米，内径一点八米，名曰"天下第一壶"，是绣球岛的标志性景观。

湖对岸有报恩亭。它始建于南朝梁代天监年间，距今已有一千四百多年。1992年，人们将原寺迁至天目湖畔的东陵山上，和它后面的幽香茶园组成了宗教文化区。

这里山清水秀，花香鱼肥，犹如一幅展开的山水画卷，又似一曲优美动听的音乐，隔绝了尘世的喧嚣，荡涤着人们的心灵……

牯牛降密林探幽

早就向往牯牛降那片神秘、浩瀚的原始森林了,可一直未曾谋面,心中有些许期盼,些许怀想。今年仲春时节,终于有机会与友人共赴牯牛降,感受了一回原始森林的魅力。

车至牯牛降景区,我们站在岭上举目四望,见千峰竞秀,峡谷幽深,青山绿丛中杜鹃花盛开,红艳艳的,遍布山野。沿着山路走过去,我们很快便进入苍翠的森林之中。林中树木葱茏,溪水潺潺,空气异常清新,树木幽幽地散发着馨香,深吸一口,令人神清气爽,精神倍增。

牯牛降东倚黄山,虽不如黄山挺拔,但植被要比黄山茂密得多。这里的松树同属黄山松,有的气势磅礴,有的丰姿绰约,大多生长在人根本无法企及的峰峦绝壁之上。

水,赋予牯牛降原始森林更多灵秀、激越和斑斓的色彩。山势险峻处水飞流直下,垂练千尺,声若洪钟;乱石嶙峋处又激越跳宕，浪花飞溅，和声阵阵；低洼开阔处则清流回旋，顾盼流连，悄无声息。它就这么多姿地变幻着，每一处都令人难以割舍。水浅处清澈见底，晶莹澄碧，我们把脸贴在水面，也把心浸在水里……喝上一口清泉，甘甜舒爽，抚慰心神。

水造就了牯牛降许多幽深的潭，那潭似一块块碧绿的翡翠，镶嵌在山谷密林中，有名的有仙女潭、黄龙潭、黑龙潭等，更多的则尚未命名。我登临巨石俯视潭水，水绿得那么纯净，又那么深沉，照人肺腑，摄人灵魂。此刻的我真想纵身一跃，潜入潭水中去体验，去感受，让我的身体与浪花碰撞，让我的灵魂与碧水相融。

牯牛降虽然覆盖着密密的原始森林，绝大多数区域都让人望而却步，但还是有条幽僻的小道，早在三百多年前就逐渐形成，自观音堂经大演坑，延伸至大历山，然后蜿蜒到外面的世界去，崎岖坷坎百余里。这条道原是当年的私盐贩子为躲避官府稽查，不得不另辟蹊径，钻进原始森林里开辟的地下通道，古道上至今留有当年驿站的遗址，还有一处禅院遗址。

厚厚的落叶铺满古道，听着导游讲古道上传奇的故事，我对古道的好奇油然而生，下意识里已把自己当成探险者，背着行囊，持着手杖，一步步踏上密林深处的探险之路……

美丽而神秘的喀纳斯湖

在北疆旅行，那巍峨的山脉，浩瀚的沙漠，宽广的戈壁，滔滔的江河，神秘的湖泊，参天的树木，美丽的草原，热情的牧民……都给人留下深刻的印象。

到了北疆，喀纳斯湖非去不可，这不仅因为她的美丽迷人，更因为她的神秘莫测。在蒙语中，喀纳斯有"美丽丰饶、神秘莫测"之意。喀纳斯湖面积达四十五平方公里，从高处看呈长条形弯月状，湖水最深处达一百八十多米，是国内最深的高山淡水湖。

喀纳斯湖又被称为"变色湖"，湖水时而湛蓝，时而灰白，时而火红，时而深绿。碧波万顷，变幻多姿，令人眼花缭乱，目不暇接。喀纳斯湖变色的原因至今仍有多种说法。有的专家认为，这是云雾、阳光、两岸山上的植被和湖面水汽相互作用的结果；也有人认为，这是冰川融水将沿途的山石粉末带入湖中，并因季节不同，流量和浓度不等而产生变化的结果。究竟是什么原因，至今还是个谜。

沿着喀纳斯湖的中游走，喀纳斯湖的"三道精品湾"会呈现在你的眼前。

卧龙湾是一段因喀纳斯河长期冲刷河岸形成的宽阔河湾，风景秀美，令人神往。河湾中心有一座小岛，从高处看，酷似一条翼龙静卧在水中，卧龙湾由此得名。岛上林茂草深，禽鸟成群，迎面朝西望去，便是傲然矗立的波勒巴岱山，山水相依，景色迷人。

月亮湾是喀纳斯湖景区的又一精品湾。从卧龙湾北上一公里，就可见到风景如诗如画的月亮湾了。月亮湾夹在东西两山之间，河道随山势迂回，恰似一牙初升的弯月。在月亮湾中有两座平坦的小岛，犹如两个巨型鞋印。站在高出河面六十多米的盘山道上，鸟瞰月亮湾，感觉近在咫尺，实则遥不可及，若即若离，美到极致。

神仙湾是喀纳斯河在山涧低缓处形成的一片沼泽浅滩，在阳光照射下，河水流光溢彩，连树上的叶子都闪闪发光，乍看去仿佛无数珍珠撒落在水中。加上这里常有云雾缭绕，如梦如幻，超凡脱俗，如临仙境一般。

登上高出湖面六百多米的观鱼亭向四周眺望，可将喀纳斯湖的美景尽收眼底。朝北可看到阳光下熠熠闪光的友谊峰冰川；向南可看到喀纳斯河像一条碧绿的彩带，盘绕在崇山峻岭之中；往西可看到遍地绿草如茵、繁花似锦的草原风光；朝东看去，凝望着一泓清澈的湖水，令人心旷神怡。

　　这里，天格外蓝，云格外白，山格外青，水格外绿，花格外红。在这如诗如画的湖光山色之中，我们尽情地呼吸着大自然所赐予的清纯之气，沐浴着湖面吹来的带着水汽和花香的微风，整个肺腑都有一种清新的感觉，从而也深切地体味到喀纳斯湖纯净自然的美。

高山平湖，风光胜江南

镜泊湖位于黑龙江省东南部，它是约万年前火山喷发流出的岩浆把牡丹江截断而形成的狭长的高山堰塞湖，南北长五十公里，东西最宽处九公里，湖水最深处有六十多米。湖北端的湖水出口处有一石崖，面临深潭，形成飞瀑，即吊水楼瀑布。瀑布落差二十多米，丰水期宽度四十多米，湖水飞泻而下，冲起一片白浪，声如雷鸣，方圆十公里可听到涛声。这里，就是牡丹江之源。

镜泊湖是一个充满诗情画意的湖。湖中有山，山中有湖，山环水绕，沿湖两岸，山清水秀，鸟语花香。水路逶迤，九曲十八弯，是一个幽静神秘的天然公园。天空蓝得清亮，几朵白云悠闲地浮动着。那山那天那云都将自己的身姿映照到湖水里，于是湖中也呈现一幅同样的山水画。

送走了夏的躁动和喧嚣，迎来的是秋的惬意与和谐。北国的秋，温柔、静谧、幽远，而镜泊湖又极尽秋的绚丽与多姿。蓝天丽日之下，沿湖漫山遍野的红叶，像是浮在地面上的彩云，在秋风的吹拂下，树叶摇曳，片片红叶不时地从树梢飘下，纷纷扬扬，星星点点，轻盈地融入幽深的山谷。秋日的阳光照在飞泻的瀑布上，晶莹剔透的水珠四射，洋洋洒洒地飘散在幽谷深潭之中，碧玉般的湖水因此荡起一圈圈涟漪，波光影动，散发着迷人的风韵。

夜晚，镜泊湖进入了梦乡，水面无波，也没有涛声。远处的灯火照射到湖上，光影垂直地沉到湖底，码头上店铺的霓虹灯，也沉到水底去闪烁了。湖畔依稀有两艘小船，却没有灯火。天上有星，却不明亮。偶尔有一声夜鸟的叫声从远山传来，很遥远很渺茫。

镜泊湖不仅山美、水美，而且特产富饶，是一块人杰地灵的宝地。湖中盛产湖鲫鱼、红尾鱼、鳌花鱼、小白鱼。用镜泊湖水浇灌田地，产出的大米是古代向宫廷进贡的贡米。镜泊湖两岸还有因火山爆发而形成的地下原始森林等天然景观。叶剑英元帅曾到过镜泊湖，并留下"高山平湖，风光胜江南"的赞誉。

欣赏山水之美

大自然的秀丽景色是画家永远也画不完、诗人永远也写不尽的绝妙题材。欣赏自然美可以丰富人们的精神生活，培养人们热爱自然、热爱生活、热爱祖国的感情。领略自然美，还可以使人们开阔眼界，增加知识，增长才干，陶冶性情。古往今来，许多卓有成就的文学家、史学家、画家，几乎都与名山胜水结下不解之缘。

"桂林山水甲天下"，我们乘坐一只游艇，沿漓江由桂林去阳朔，一路上，山是翠绿欲滴，水是晶莹如镜，让人情不自禁地想起唐代诗人韩愈写过的两句诗："江作青罗带，山如碧玉簪。"一个"青"字，一个"碧"字，概括了桂林山水的色彩美，表现了桂林山水的柔美和妩媚。两件妇女的饰物写出了桂林山水的万千风情。当代诗人贺敬之笔下的桂林山水则是："云中的神啊，云中的仙，神姿仙态桂林的山！情一样深呵，梦一样美，如情似梦漓江的水!"这四句诗,把游人带入桂林的"仙境""梦境",你只需要想起雨中的漓江、雾中的群山,便会出现如此景色:细雨蒙蒙,给青山绿水披上了一层轻纱;晨雾袅袅,就像仙女抖开的水袖,搂抱青山、绿水,充分显示出桂林山水雨雾中的个性——妩媚而柔美。情和梦寓在云水苍茫之中,神和仙影影绰绰出现在雨雾之中,桂林山水显得更加迷人。

人们的旅游活动大都以名山大川为目标,人们欣赏山水之美首先接触的是山水的形态。人有人的音容,山有山的形态。就五岳而言:泰山挺拔巍峨,华山雄伟险峻,衡山雄奇秀丽,恒山陡峭连绵,嵩山起伏奇异。而黄山的景色,却兼而有之,所以有"黄山归来不看岳"之说。黄山之美更在于黄山的云。黄山的云,轻盈、美妙、多姿、神奇,有时淹没了雄伟挺秀的群峰,有时又好像托起群峰缓缓移动。当你在黄山举足漫步时,轻纱似的浮云仿佛化作舟楫,把你送上莲花峰。你穿云拨雾,顺着"百步云梯"向山下走去,再回眸仰望云绕雾缠的莲花峰,它被迷人的云海笼罩着,给人以扑朔迷离而又神采俊逸之感。黄山的云瞬息万变,同样的山峰一会儿巍峨险峻,一会儿妩媚娇丽。置身黄山云海,你会情不自禁地浮想联翩,你会想象出千奇百怪的山峦,有时像执矛持戟的勇士,有时像婆娑起舞的仙女,有时好似奔腾的浪花,有时俨若脱缰的野马……

"上有天堂,下有苏杭",杭州是我国历史上六大古都之一。一提起杭州,人们就一定会联想起西湖。"水光潋滟晴方好,山色空蒙雨亦奇。欲把西湖比西子,淡妆浓抹总相宜。"苏东坡在这首诗中，把西湖比作古代越国的绝代佳人西施，故西湖又获得一个"西子湖"的雅号。游览西湖，一般来说，春日晴天最佳。春日棹小舟入湖，山色如娥，花色如颊，温风如酒，波纹如绫，才一举头，不觉目酣神醉……要是没有赶上春晴，你可以领略苏东坡《六月二十七日望湖楼醉书》诗中所看到的情景："黑云翻墨未遮山，白雨跳珠乱入船。卷地风来忽吹散，望湖楼下水如天。"此景与"晴方好""雨亦奇"相对比，又是另一番境界。这是湖上轻舟突逢黑云白雨疾风的动态画面，而最后只看到水天一色，仍归于晴，有如彩色电影的一个镜头。西湖景色秀丽，风光明媚，尤其是西湖的荷花引人入胜。唐代白居易极赞西湖"绕廓荷花三十里"的美丽景色，宋代苏东坡醉心"荷花夜开风露香"的迷人夜色，宋代杨万里欣赏"接天莲叶无穷碧，映日荷花别样红"的画面。

古人说"读万卷书，行万里路"，把行路与读书看作是获得知识的重要途径是颇有见地的。让我们一路行走，一路游览，一路欣赏山水美，一路享受自然美，并从中受到教育、陶冶性情、增长知识吧！

齐山翠微亭

安徽省池州市东南郊的齐山，高不过百米，状若伏虎。因其岩石为石灰岩，经长期雨水侵蚀和溶蚀，岩溶地貌发育良好，故山上怪石嶙峋，洞穴深邃，景色奇异，享有江南"名山之胜"的美誉。

齐山之巅有翠微亭，为唐代诗人杜牧任池州刺史时所建。相传，每逢丽日佳节，杜牧常与宾客登齐山，在翠微亭饮酒赋诗。至今留有名篇《九日齐山登高》诗："江涵秋影雁初飞，与客携壶上翠微。尘世难逢开口笑，菊花须插满头归。但将酩酊酬佳节，不用登临恨落晖。古往今来只如此，牛山何必独沾衣。"诗中"牛山"典故，出自《列子》：齐景公游牛山（今山东淄博），面对美景，叹人生短促而流泪。杜牧旷达，以为无须为此伤感，杜牧此诗一出，诗人纷纷唱和，齐山及翠微亭随之扬名。

南宋抗金名将岳飞在戎马倥偬之暇，曾慕名来齐山翠微亭览胜，他放眼祖国南方的山水美景，想到北方尚有大片国土被金兵铁蹄践踏，感到肩上责任重大，于是吟诗《池州翠微亭》一首："经年尘土满征衣，特特寻芳上翠微。好山好水观未足，马蹄催趁月明归。"以诗抒发自己的满腔豪情。

但是，岳飞没有来得及实现自己的抱负，就于绍兴十一年（公元1141年）被卖国贼秦桧以"莫须有"的罪名杀害了。一时爱国大臣和将领义愤填膺，大将韩世忠曾当面责问秦桧："'莫须有'三字何以服天下？"结果，韩世忠也被解除了兵权，从此，头戴一字巾，足跨小毛驴，寄情于西湖山水之间。

一日，韩世忠登临杭州飞来峰，顾盼之间，忽想起故人岳飞和他的《池州翠微亭》诗，为了寄托自己对故友的怀念，便在飞来峰山腰建了一座翠微亭。这样，池州的翠微亭就重现于杭州，成为人们喜爱的游览场所。

周庄的烟雨

柔和的春风带来了绵绵的春雨,像乳汁滋润着大地上的生灵。在雨中,衣裳湿漉漉的,头发眉毛也在不知不觉中润湿了,绕着周庄水乡人家的,都是湖水。前前后后是水,左左右右也是水。周庄依偎在淀山湖、白蚬湖、南湖和澄湖的怀抱里,像从湖水里滋生出的一片荷叶。

登上周庄河汊上的乌篷船,船儿款款地沿着人家的窗户底下摇,穿过一个桥洞,又穿过一个桥洞,风景明明暗暗,船儿咿咿呀呀。忽然,船儿打了一个横,竟然驶进了名为"沈厅"的院子。船娘和厅里的熟人打着招呼,沏春茶的声音都听得见,小镇、水乡人、远客,一下子就成了一个温馨的整体,像身处一个很大的家。

烟雨中的周庄也有故事,那故事也如周庄烟雨一样,朦胧而又神秘。历史悠久的周庄藏着说不尽的沧桑。周庄在春秋的文献中有记述，北宋元祐年得名周庄。两千五百多年的陈旧故事，两千五百多年的风风雨雨，可是，在周庄的粉墙上、拱桥上，人们见不到记载周庄沧桑变化的碑刻和文字的痕迹。周庄不把沧桑写在脸上，甚至不挂在心上。风雨就是风雨，周庄就是周庄，无论庙堂之上、朝野之间，怎样的人来人往，云起云散，周庄乡民所创造的温馨、宁静、平和、淡泊、幽雅的意境都是永恒的。

在周庄，真好。在乌篷船上，真好。一颗浮躁的心，沉稳了，在水中溶掉了。船儿在水上漂着，我在船儿上躺着。我被浸润在周庄的烟雨之中，周庄的烟雨拥抱了我。在朦朦胧胧的周庄烟雨中，我体味着一种平和、幽雅的情境，享受着一份宁静、淡泊的心情。

秋浓如酒，色艳醉人

金秋十月，丹桂飘香，我有机会去山西吕梁山中观光。一进入山的峰谷之间，就感到秋浓如酒，色艳醉人。这山，原来该是披着一件绿装的吧，而这时，却铺上了一层花毯，那茸茸的灌木，齐齐的乔木，蔚蔚的森林，成堆成簇，如烟如织，拼成了一幅五光十色的大图案。

这花毯中最耀眼的就是红色，满山遍野，坡坡洼洼，全都被红色染了个透。你看，那殷红的橡树、火红的枫树、干红的山楂、血红的龙柏，还有那红枣、红辣椒、红金瓜、红柿子等，都珍珠似的闪着红光。最好看的荞麦，从根到梢一色娇红，齐刷刷地立在地里，远远望去，就如山腰里挂下一方红毡。

点缀这红色世界的还有黄色和绿色。山坡上偶有几株大杨树矗立着，像金黄色的大扫帚，把蓝色的天空扫得洁净如镜。那些松柏林，在这一派暖热的色彩中泛着冷绿，更衬出这酽酽的秋色。金风吹过，那红波绿浪便翻山越谷地向天边滚去。登高望远，只见紫烟弥漫，红光蒙蒙，绿浪起伏，好一个热烈、浓艳的世界。

其实，这满山遍野在春之初本也是鹅黄翠绿的，随后栉风沐雨，承受太阳的光热，吮吸大地的养分，就由浅变深，如黛如墨；再渐黄而红，如火如丹。这其中浓缩了造物者多少的心血！

四时不同，爱者各异，人们大都是用自己的心情去体味那无言的自然。所以春花灼灼，难免有林黛玉葬花之悲；秋色似火，亦有欧阳修夜读之凉。倘若人们顺着自然之理去体味，可能就会产生另外一种感慨。芳草萋萋，杨柳依依，春景给人的是勃发的情感，是幻想，是憧憬，是出航时的眺望；天高云淡，万山红遍，秋色给人的是深深的思索，是收获，是胜利，是到达彼岸后的欢乐。

我站在秋的山巅，遥望那远处春天曾走过的小路，环顾那山野里五彩斑斓的秋色，不禁想到，一个人只要献身于一种事业，一步一步不断前进，他的感情就应该和大自然一样充实，他在人生的道路上就会迎来一个硕果累累的金秋。

春天里去踏青

踏青，这个民间习俗自古有之，在有的地方还被定为节日。杜甫绝句中就有"江边踏青罢，回首见旌旗"的诗句，说明早在唐代，踏青就已盛行。

由于我国各地春天到来的时间有先有后，所以踏青的时间也各有不同。南方地区常把农历二月初二定为踏青节，长江中下游地区则推迟到清明节踏青，北方地区往往到端阳节时才举行踏青活动。

在江南地区，清明时节常常春雨潇潇。在这样的天气里，外出踏青也别有一番风味。唐代诗人杜牧在《清明》诗中，就生动而别致地描写了春雨中踏青的情景和雅趣："清明时节雨纷纷，路上行人欲断魂。借问酒家何处有？牧童遥指杏花村。"

农历三月初三日是古代帝王祭天的日子，在江浙民间则是妇女回娘家的日子，而在陕西却是踏青野餐的节日。"寻春直须三月三"，这一天，龙华道上游人如织："三月三，上龙华，探春色，看桃花。"

唐代诗人崔护清明外出郊游踏青，步入一座村庄，因口渴便轻轻推开一扇柴门，向主人讨碗水喝。一位姑娘端来一碗水给他解渴，然后斜靠在一棵开满桃花的树下微笑，楚楚动人。第二年清明，崔护又往郊外踏青，再次寻那姑娘的住处，只见院里桃花盛开，那姑娘却不见踪影了。崔护若有所失，便在大门上题诗："去年今日此门中，人面桃花相映红。人面不知何处去，桃花依旧笑春风。"

古代踏青时，还进行野炊、拔河、采百草、扑蝴蝶、放风筝、荡秋千等文娱体育活动。王禹偁的《寒食》诗中写道："今年寒食在商山，山里风光亦可怜。稚子就花拈蛱蝶，人家依树系秋千。"

踏青是一项有意义的文体娱乐活动，既可观赏山水，游览名胜，饱尝春色，又可强身健体，陶冶性情，延年益寿。趁着春光明媚的时候，去踏青吧！

一夜大雪封千里

如果说喜怒哀乐是生活的调料,那四季变化便是大千世界的点缀。在春、夏、秋、冬四季中,我更喜欢冬季,因为冬季有雪。

隆冬时候,大雪飘飘荡荡,纷纷扬扬,像烟一样轻,像玉一样润,像银一样白,从灰蒙蒙的天空飘落下来。城市、乡村、田野、山川……全都被雪覆盖了,大地洁白无瑕,好像穿起了一件雪白的长袍。好一个银装素裹啊!没有春、夏、秋那样多姿多彩的颜色,它是白色的,无瑕的白色,晶莹的白色,美丽的白色。

一夜大雪封千里,大地一片白茫茫。早晨,小朋友们看到白色的大地,高兴极了。他们在雪地上跳来跳去,滚来滚去,还互相打起了雪仗,追逐着,嬉笑着,喊叫着,真是无比快乐。他们并没有破坏雪景,反而这一道道破坏的痕迹,把雪的庄严、洁白、神圣点缀成一个个快乐的音符。一道道痕迹成了五线谱,一个个音符组成了一首独特的颂歌。

　　为了方便人们行走和车辆行驶，警察、清洁工以及众多的志愿者，不怕寒冷，不辞劳苦，在人们早晨上班之前，就把道路上的雪铲到路边堆起来，一堆堆白雪连绵不断，好似一条长长的白龙。

　　一棵棵一身傲骨的梅花，一株株挺挺而立的松树，都落满了雪，显示了植物的一种精神。林荫道两侧的树变成了一棵棵"雪树"。走在当中，细雪落下来，飘落在头上、背上。

　　慢慢地，开春了，大地上厚厚的雪还没有融化掉，依然白茫茫一片，好像春天还没有到。其实，你没觉察，雪正在悄然融化，变成麦苗和其他植物的肥料。

　　我留恋着雪，因为如果雪化了，梅花将会凋零，松树也不复冬日风光。雪是它们的衬托，有雪方显出他们的英雄本色。唐代卢梅坡有诗云："有梅无雪不精神，有雪无诗俗了人。"田野中的雪，即使落在土地里，被土弄脏，不再圣洁，也会滋养那一方土地。

　　雪渐渐化了，露出一块块土地。小草发芽了，柳条抽丝了，桃花开放了，小鸟回来了，春天到了。雪变成了回忆。

陶醉于桃花丛里

暮春三月，草长莺飞，傍晚时分，晚霞染红了西边天空，一阵暖风扑面吹来，送来了浓浓的春的气息。

我漫不经心地沿着河边走，不觉来到一片桃树林，枝头桃花灼灼，绿叶蓁蓁，夭夭桃林，繁花似锦。我坐在桃花底下，静静地发呆，一个人发呆。春风徐来，香气四溢，人面桃花，相映红，笑春风。古诗云："春日春风有时好，春日春风有时恶。不得春风花不开，花开又被风吹落。"是啊，一场轰轰烈烈的花季，万紫千红，不过是灿烂一个季节，转瞬便是花谢花落花满天，红消香断有谁怜。此刻，我想起林妹妹来了。

黛玉葬花，真是《红楼梦》里最凄美的一个片段了，陈晓旭演的黛玉，不过是担着一把花锄站在花丛中，便让我流出眼泪。唯有她才可以把一场花开花落演得如此悲戚啊！"侬今葬花人笑痴，他年葬侬知是谁？试看春残花渐落，便是红颜老死时。一朝春尽红颜老,花落人亡两不知!"

我一朵一朵地捡起落在地上的桃花,放在掌心,轻轻地哼起了《葬花吟》:"愿奴胁下生双翼,随花飞到天尽头。天尽头,何处有香丘?未若锦囊收艳骨,一抔净土掩风流……"

此处、此花、此情、此景,让人的整颗心都感到冰凉冰凉的。太美好的东西总是转瞬即逝啊!今日这片桃花灼灼芳华,明日又将归向何处?

抬眼向远方看去,天色渐渐暗了下来,那花前月下,树叶婆娑,小桥流水处,我依稀看到黛玉的泪光,宝玉的痴狂,一切的一切,都混在微微的春风里。看路灯点点亮了起来,恍惚中我仿佛还在那满纸的荒唐中,在那辛酸的泪珠里,在那红楼一梦间,愁绪荡气回肠。

唐寅写过一首《桃花庵歌》:"桃花坞里桃花庵,桃花庵里桃花仙;桃花仙人种桃树,又摘桃花换酒钱。"多么令人神往的生活!但愿老死花酒间,不愿鞠躬车马前。与花相伴相依,自古便是人们心头一个未完的梦啊!

坐在花树下,我沉思着,我不要林妹妹的《葬花吟》,也不要唐寅潇洒地老死花酒间,我只要在这灼灼芳华的桃林里,静静地坐在花树下,静静地看,静静地想,或者漫步在花树间,慢慢地走,慢慢地欣赏。让自己陶醉于花丛里,陶醉于花香中,陶醉于春风里,陶醉于春光中!

留恋美丽的秋色

这是个遍地流金的季节。远处的山峦，层林尽染，满山遍野，铺陈着各种各样色彩，大自然像一幅美丽的风景画。在傍晚的暮霭中，走在落叶飘飞的林间小道上，看夕阳把西边的天空染得通红，与身边火红的枫叶交相辉映，整个身心都像是被染红了似的。从地上捡起一片枫叶，探寻着它的生命轨迹，它被秋雨洗去最后一丝绿意，由黄变橙，由橙变红，经历了色彩斑斓，如火如荼，最后从树枝上飘落了，潇潇洒洒地和秋风共舞，无怨无悔地"化作春泥更护花"。

这是个阳光灿烂的季节。我很愿意陶醉在秋阳中，"酒不醉人人自醉"，我看还是改成"秋不醉人人自醉"好。秋阳没有春阳的靓丽、温婉，却有它独特的气质、温情；没有夏阳火炉般的激情、火热，却有丰收时的热情、厚重；没有冬日银装素裹、千里冰封的纯洁，却有金色波光粼粼的单纯、可爱。秋阳下，温暖在人们脸上，幸福在人们心里，秋天让人们感觉到很欣慰，很温馨。

这是个瓜果飘香的季节。庭院里、道路旁都弥漫着秋天果实的香味，红的苹果、黄的香蕉、绿的酥梨、紫的葡萄……还有西红柿、黄瓜、南瓜、红薯，等等，香甜可口，让人们吃了以后口留余香。

这是个秋高气爽的季节。几阵秋风吹过，天蓝起来，云白起来。没有了春天的多变、夏天的低沉和冬天的阴冷。这个时候，最适宜仰望天空，看蓝天白云，忆悠悠岁月，亲情、友情、爱情，云朵般在脑海里心田上渐次飘过。能够静看云卷云舒的人，其心境大抵如沉静的秋日，其胸襟大抵像寥廓的天空，对得失成败即使不能淡定从容，至少也不会耿耿于怀了。秋高了，气才会爽，气爽了，岁月的云朵才会从心的角落里飘逸出来。

留恋秋风，留恋秋日，留恋秋色！

春雨淅淅沥沥

　　清风起，云雾生，细雨落，麦苗青。春雨这样从天而降，淅淅沥沥，延绵不断。雨点小而轻盈，像是从高空跳着舞步、婉转降落的仙子，她们不沾染尘世的污秽，只沉浸在那滴滴答答的乐曲声中。她们是自由的小天使，划出一道道使人留恋的雨线，洒下一串串使人心醉的甘露，留住一片片清新的朦胧的净土。

　　站在河边，不用撑伞，任凭春雨打湿你的头，打湿你的脸，打湿你的衣裳。抬眼望去，水汽氤氲，雾气蒙蒙，远处那高高低低的树木，那鳞次栉比的高楼，都笼罩在云雾之中，笼罩在烟雨之中，把整个城市变成一幅美丽的水墨画。此景此情不禁让我想起了唐代杜牧的《江南春》："千里莺啼绿映红，水村山郭酒旗风。南朝四百八十寺，多少楼台烟雨中。"诗中描写了江南明媚的春光，以及烟雨迷蒙中的寺院楼台。时过境迁，这烟雨的清新、洁净、幽雅、迷茫、朦胧，仿佛重新回到眼前，但不同的是此时正值早春时节，仍然春寒料峭，怎么也看不见莺歌燕舞、百花竞放的景象了。但这又何妨呢？有春雨的滋润，生机勃勃春意盎然的明媚春光还会远吗？

　　我的老家在农村，随着轻舞的雨丝，我的思绪又飞向老家的那片乡村田野。乡野的春雨比油还金贵。每到春雨落下的时候，农民都要去田里看看麦苗的长势。他们来不及戴上斗笠，就向田里奔去。雨透了衣，泥裹了鞋，全然不顾，直到冲进那叶挑雨珠的麦田，脚步才缓了下来。俯身，蹲下，仔细查看，眼前的麦苗便成了一张婴儿的脸。在风雨中摇摆的叶片，像是婴儿挥舞的手臂。若把耳朵贴向土地，似乎能听到麦苗吮吸雨水的声音。抬头望去，霏霏细雨，给田间地头返青的麦苗，着上了一层嫩绿，一望无边。真是"好雨知时节，当春乃发生"啊！

　　当白日的水墨烟雨画消失之后，夜幕降临了，绵绵春雨还是下个不停。卧在床上，听着窗外雨打窗棂的声响，乒乒乓乓，滴滴答答，犹如一首有节奏的夜曲，奏响在万籁俱寂的夜里。在这低诉的夜曲中，会有多少生命被唤醒，又有多少生命枕曲睡去呢？我已无暇去想，因为我也入梦了。春眠不觉晓，处处闻啼鸟，夜来风雨声，花落知多少……

荷叶如舞女的裙

　　记得孩童时代，村庄周围散布着大小不同的荷塘，当暴雨袭来时，我常常摘一片硕大的荷叶，顶在头上遮雨，站在荷塘边，看着雨水落在荷叶上，先是一个小水珠，接着形成一个小水球，再结成一个扁平的小水块，晶莹透亮，随着风摆荷叶而摇晃滚动；风稍大时，一塘荷叶顺风倾斜，水珠、水球、水块依次倒出，于是传来了一片清脆的哗啦声，似乎是乐师不经意地拨动了一下琴弦，又无心弹奏，琴音响了一阵骤然而止。

　　那时的夏日炎热难熬，没有电扇，更没有听说过空调，只是摇摇芭蕉扇，或是找个风口，再或是躲在树荫下消暑。一天中午，天气实在太热，我们几个小伙伴相约来到荷塘边，都扑通扑通跳进水里，凉冰冰的水把我们热腾腾的身体凉了下来，我们乐得哈哈大笑。荷塘给我们带来欢乐，荷叶给我们带来童趣。

　　人们喜爱花，春兰秋菊，夏荷冬梅，当花儿盛开时，人们总要欣赏一番，诗人们总要吟咏一番，画家们总要描绘一番，而荷叶很少被人关注。写意画家为了表现荷花，不得不配上荷叶，也只是饱蘸浓墨，粗犷地涂个轮廓，再稍加修整即可。工笔画的荷叶虽栩栩如生，但荷叶并不是画家着意表现的主题。画荷花就不同了，画家们会全神贯注，那调色的耐心、笔线的细腻，都达到了极致。周敦颐的《爱莲说》赞赏荷花出淤泥而不染，濯清涟而不妖，但他却忽视了荷叶与荷花同根、同流，一样具有居浊不污的品格。

人们之所以喜爱荷花，大概是因为荷花艳丽的缘故吧。荷叶没有荷花的清香，更没有荷花的艳丽，因而很少有人问津。只有朱自清对荷叶瞥了一眼，在他的《荷塘月色》中，把荷叶比喻为舞女的裙。"此荷此叶常相映"，这是李商隐的诗句，倒是独具慧眼，说出了荷叶与荷花彼此相依衬托的关系。

我觉得荷叶可爱、可敬。荷叶朴实无华，雍容宽厚，呵护荷花，却不与荷花争艳。荷叶把幼嫩的荷花拥抱在怀里，保护它健康成长；把成熟的荷花高举头上，扶助它出尽风头。没有荷叶，荷花失色；没有荷叶，荷花无神；没有荷叶，荷花孤独；没有荷叶，荷花乏韵；没有荷叶的高洁，也就没有荷花的风姿。

金色的秋天

雪白的隆冬，嫩绿的新春，火红的盛夏……沿着美的足迹，我的心又融进了金色的秋天。

秋季的天使，穿着薄如蝉翼的秋雾凉衫，来到了大自然。她将金黄的颜色，一往情深地洒在大地之上。当雾退云消的时候，初升的朝阳惊奇地发现：原来碧绿的大地，现在竟然变成一片金黄。

原野被染熟了。坦荡如砥的稻田，一层层金色的波浪，涌向无尽的天边。

果园被染透了。黄澄澄的柿子，红彤彤的苹果，紫晶晶的葡萄，金灿灿的鸭梨，水果的芬芳在空气中流淌。

天空蓦地高远了。朝阳不再是鲜红的，它的光线是耀目的金色，万物无一例外地映出金黄的色彩。秋夜，黑天鹅绒似的夜幕上，十五的月亮犹如一只盛满黄金的玉盘。那熠熠发光的小星星大概是从那圆盘中撒落的点点碎金。

金秋,最引人注目的还是那满眼的叶子。千万片叶子载满了冬的孕育,春的萌发,夏的茁壮,凭着强烈的追求,借助于秋的爆发,达到了生命的沸点。好一片成熟的金黄,有的深,有的浅,有的偏绿,有的透红。它们曾以不同的姿态迎接阳光,而今又以不同层次的金黄染遍了大地。我不信这般丰收成熟之后便是死亡,因为那金色的叶融于土地,金色的秋,便又孕育在春的蓝图之中了。

秋天的美是成熟的。它不像春那么羞涩,夏那么袒露,冬那么含蓄。

秋,收获的季节,金黄的季节,同春一样可爱,同夏一样热情,同冬一样迷人。

常言道"春华秋实",万物始于春,而成于秋。秋天,洋溢着丰收的喜悦,孕育了成功的希望。啊,秋天是最美丽的。

待到重阳日，还来就菊花

炎夏过去，秋风送爽，暑气顿消。人们登高望远，看明月消长和满川红叶、到处黄花，自然感到说不出的愉快。在这大好的秋光中有两个重要的节日，一个是中秋节，另一个是重阳节。

每年农历九月初九是重阳节。据古代的说法，九是阳数，九月初九，是阳数相重，所以得名"重阳"。又因月、日都占九字，故又称"重九"。

自古以来，我国人民就十分重视这个节令。每年重阳一到，无论官民，全都成群结伙地挎着盛茱萸的袋子，帽檐上插着菊花，登高眺望，观赏秋色。唐代诗人孟浩然所谓"待到重阳日，还来就菊花"，唐代诗人杜牧所谓"尘世难逢开口笑，菊花须插满头归"，都是表达这个意思。

在重阳登高宴饮的时候，人们要饮菊花酒，吃重阳糕。在内蒙古和西北一些地区，正是秋高气爽、牛羊肥壮的时候，人们则以吃羊肉为美事。在江南，重阳时节螃蟹体胖肉肥，所以喝菊花酒吃螃蟹便成为江南重阳的习俗。

每当重阳节来到，文人墨客更是豪兴大发，以重阳为题吟诗作赋。其中最著名的要推唐代诗人王维的《九月九日忆山东兄弟》一诗："独在异乡为异客，每逢佳节倍思亲。遥知兄弟登高处，遍插茱萸少一人。"此外，杜甫的"重阳独酌杯中酒，抱病起登江上台""明年此会知谁健？酒把茱萸仔细看"，宋代韩元吉的"细把茱萸看，一醉且徘徊"等诗句，也颇为人们所称道。

重阳节登高，既可观赏秋色，陶冶性情，调剂生活，又有益于身心健康，使我们的心灵在自然美的熏陶下，变得更加纯洁，更加美好。

公园秋色

　　河边垂柳和风爽,满园秋色人舒畅。一阵秋风轻拂起,送来醉人桂花香。

　　清晨,当一缕阳光升起的时候,滨河公园已经沉浸在喧闹之中了。河边的林荫大道上,都是男男女女,伸手踢脚,弯腰曲背,忙得不亦乐乎。还有人迈着矫健的步伐,正在安逸地散步。树林环绕的小广场上,太极拳手舒展的动作刚柔相济;自发组成的巾帼木兰拳团队,整齐的队伍发出了噼啪的开扇声;萨克斯悠扬的乐曲声,环绕着假山,在河面荡漾,声声入耳。在假山旁边,喜爱京剧的京胡手,拉起了"西皮调",还有人乘着京胡大调吊嗓练声。秋风习习,晨练如火如荼,园内气氛祥和,不觉让人心旷神怡。

　　路边的美人蕉还在稀稀落落开放,凋零的花朵展现了最后的美丽,快要枯萎的叶子正在酝酿明年的勃发。倒是剑麻的一串串白花，给秋色留下皎洁，点缀了公园的美丽。

　　微微的一缕缕秋风吹来，风中夹带着阵阵的花香，香得醉人，香得令人昏昏欲睡，香得使人如入仙境。我的目光在园林中扫描，寻找香源，当我的目光聚焦在假山后面时，恍然发觉花香来自一片桂树，在青叶的遮掩下花团锦簇，远远望去，花簇与青叶平分秋色。桂花虽然没有大张旗鼓地与其他鲜花媲美，却以自己的花香把人们的嗅觉吸引，从而让更多的目光在它的小花上流连。

　　人们目睹花朵的绽放和凋零，不管花朵的命运如何，大自然都给了人们美的享受。生生不息的自然界的循环，带来的不是悲哀，而是希望和幸福。

春雨潇潇

三月的雨，是春日的缠绵。

雨像绢丝一般，又轻又细，听不见淅沥的响声，也感觉不到雨浇的淋漓。只觉得好像是一种湿漉漉的烟雾，无声地、轻柔地滋润着大地和每个人的心。

新拔节的翠竹，被碎雨笼罩着，绿蒙蒙的，望不到边际；一片桃林，粉红的桃花，笼在烟雨里，映出一层水润润的红雾。河边杨柳在雨雾中随风卖弄着自己轻盈的舞姿，每一根枝条都生出了一串串嫩黄嫩黄的芽儿。

催生的雨，具有魔术师的神力呢！一夜之间，菜地里便蓬蓬勃勃，热闹起来。去冬的白菜，全部疯疯癫癫、嫩嫩生生抽出一茬茬菜心，烟雨朦胧中，碧绿青翠，微微颤抖在春天的风里。

春，不需要茫然踯躅。只要你用爱的阳光照亮春的心扉，心灵的空白便会绽出新绿；只要你扇动激情的翅膀，展现出对春的恋情，那么你就孕育了春，孕育了一切。

绵绵的秋雨

又是秋意缠绵的日子，凄清的秋风轻轻地吹落了枝头的黄叶，和着那绵绵的秋雨，点点滴滴，如痴如醉，丝丝缕缕，轻柔脉脉。然而，这么美的秋缘何会有泪？我不禁抬头问那秋雨，秋雨悲泣着："我错过了春的多彩、夏的热烈，剩下的只有凄凉的秋、无情的冬。"

多想告诉秋雨：冬天过后又会是春！但抬眼看那飘零的黄叶，我不禁意识到，冬天过后固然又会是春，但"年年岁岁花相似，岁岁年年人不同"。秋雨错过了今年的春，或许它还能在来年追寻它曾失落的春之梦，但是人生易老，错过了今天，就无法寻找第二次青春。

望着秋雨，我静思着，反省着，自己是否也曾虚度光阴，是否也曾"待得花谢空折枝"。与其到了秋意缠绵时，来追悔逝去的一切，何不在春光明媚时，好好地把握？就让我们在春日里播种汗水，在秋季里收获欢笑吧！到那时，秋必将变得多彩多姿。

我也要轻声告诉秋雨，既然已错过了多彩的春、热烈的夏，那就别再一味地给秋抹上凄冷的色彩，重新振作精神吧！

秋雨笑了，它抹去了秋的悲伤，留下了秋的清新和丰硕。秋雨过后的天，湛蓝湛蓝的，充满了希望……